徳間文庫

修羅奔（はし）る夜

伊東　潤

徳間書店

目次

第一章　ねぶた師の血

一

冬の雨が窓を冷たくする。そこに頬を付けていると、その冷気が頭の芯まで冷やしてくれるような気がする。

オフィス街だからか夜の町は人通りが少ない。時折通り過ぎる人たちも、傘を斜めに差して小走りに駅の方に向かっていく。

手にしている紙コップの中のコーヒーは、すでに冷たくなっている。それを形ばかりに口に運ぶと、苦みばかりが舌に残った。

——家に帰って食事を作り、スマホで動画サイトを少し見てから寝る。そして朝が来て出勤する。

そんなことを繰り返していくうちに、年だけはどんどん取っていく。食べるために働かなければならないのは分かっているが、それだけの人生では、あまりに味気ない。

──だから、ここに来たのではないか。

皆はグループに分かれて熱の籠もった議論を続けている。だが紗栄子は、ここに自分の居場所があるとは思えなかった。

「工藤さん、どうしたの」

突然、声が掛かったので振り向くと、ここに連れてきてくれた島田結衣だった。

同じ会社の同僚とはいえ、島田は正社員で紗栄子は派遣社員なので、その間には隔たりがある。だがそれは会社内のことなので、同世代の女性としての隔たりはない。

「ううん、何でもないの。少し頭を冷やしたかっただけ」

「もしかして楽しくないの」

「いいえ、そんなことないわ」

紗栄子は、自分でもとびっきりと思える笑みを浮かべた。

「それ本当」

「うん。来てよかった。誘ってくれてありがとう」

「それならいいんだけど。こうしたコミュニティは向き不向きがあるから。それで気になって――」

「気にしないで」

紗栄子は自分のグループに戻ると、皆の話を聞く努力をした。だがそれは、右の耳から左の耳へと抜けていく。

コミュニティの分科会は「対象となるアーティストをいかにプロデュースしていくか」といった大局的なものから、「イベント企画」といった具体的なものや、「好きな曲は何」といった気楽なものまで多岐にわたる。だがそのミュージシャンを知らなかった紗栄子にとって、関心の持てるテーマはない。

――やはり駄目だわ。私には向いていない。

その場は何とか取り繕(つくろ)い、誰にも不快な思いをさせないようにしたが、どうして会費を払ってまで、誰かの仕事を手伝わなければならないのか、紗栄子には理解できなかった。

今回のテーマは、このコミュニティを主催する会社がプッシュしている若手ミュージシャンを、いかにプロデュースするかというものだった。だが、そうした仕事の経験がない紗栄子には、皆の話に耳を傾けるしかない。

その時、出入口付近で拍手が聞こえた。どうやらこのコミュニティのキャプテンがやってきたようだ。

「あなたはついているわ。キャプテンが来ることなんてめったにないのよ」

いつの間にか近くに来ていた島田が、耳元で囁く。

このコミュニティでは、主催者をキャプテン、メンバーをクルーと呼ぶ。

「おっ、やってるな」

島田によると、キャプテンはＩＴ関連の会社を経営していて、その傍ら、このコミュニティを運営しているとのことだ。

トレーナーを着たキャプテンは、溶け込むように皆の輪に入っていく。キャプテンは三十半ばという年齢なので、皆も仲間という感覚なのだろう。

皆がそれぞれの作業の手を休め、椅子を持ってキャプテンの周りに集まる。コミュニティがサロンに変わる瞬間だ。

「皆さん、楽しいですか」というキャプテンの呼び掛けに、皆が「楽しいです」と答える。

――すごい同調圧力。

この雰囲気で「楽しくない」と答えられる者はいない。

紗栄子はプライドも高くはないし、消極的な方でもない。だが皆で競うようにいい人ぶるこの雰囲気には、やはり馴染めない。

「クルーの皆さんは会費を払ってここに集まり、自主的に活動をしています。それぞれが居心地のよい居場所を求め、ここに集まってきたはずです。中には、まだ自分の居場所を作れていない方もいらっしゃるのではないかと思いますが、いかがですか」

「そうだ。見学者として今日初めて来られた方がいます」と言いつつ、キャプテンがクルーたちを見回す。

「あっ、そこの方──、紗栄子さんは初めてですね」

誰もがネームシールを付けているので、名前はすぐに分かる。

「ええ、はい」

名指しされるとは思ってもみなかったので、胸の鼓動が高まる。

「紗栄子さんは、ここに居場所を作れそうですか」

──突然、居場所って言われても。

だが口は、それとは裏腹なことを言っていた。

「は、はい。作れそうです」

「それはよかった。じゃ、楽しんでますね」

「ええ、はい」

「今は居場所ができる最初の段階です。皆と打ち解けていければ、もっと楽しくなり、気づいた時に居場所ができています」

「居場所って具体的に何ですか」

つい紗栄子は問うてしまった。

「居心地がよく、安心できる場所のことです」

「それを得られると、どうなるんですか」

毒を食らわば皿までと思い、紗栄子がさらに突っ込む。皆が不思議そうな顔を見合わせている。これまでキャプテンに、そんなことを聞いた者はいないのだろう。

「分かりました。では、居場所とは何かを皆で話し合ってみましょうか」

キャプテンのリードで、クルーたちは配られた付箋（ふせん）に目を落とすと、何かを書き始めた。五分ほどすると、皆書き終わったので、誰かがそれを回収し、ホワイトボードに貼り付けていく。

それをキャプテンが読み上げていく。

「自分の『好き』を追求する場所」

「安心と自由を両立できる場所」

「生き方の幅を広げてくれる場所」

「自分の能力や創造性を解放する場所」

「幸せになる場所」

キャプテンが紗栄子の方を見ながら補足する。

「いろんな意見が出ました。おそらく一人ひとりが異なる意義を見出しているし、一人の中でも複数の意義を見出している人もいるはずです。大半は説明の必要もありませんが、『安心と自由を両立できる場所』については、多少の説明が必要ですね」

キャプテンによると、人というのは安心と自由を同時に手に入れたがる。だがこの二つは、これまで同時に手に入れることができなかった。すなわち農耕を主体とした社会は村社会と呼ばれる地域コミュニティで、同調圧力が強く自由がない代わりに、圧倒的な安全がもたらす安心があった。

その一方、高度成長期になって多くの人が都市部に流れ込むことで村社会は崩壊し、人々は会社という新たなコミュニティを作り出した。村社会に比べたら安全と安心は減ったが、自由度は増した。そのため会社は年功序列や終身雇用という制度を生み出し、安全と安心を得られるような環境を作っていった。

「ところが実力主義とグローバリズムの進展によって、年功序列や終身雇用といった日本独自の雇用システムは崩壊し、さらに働き方改革によって会社という組織そのものの存在意義が、今問われています。つまりわれわれの自由度は増しても、安全と安心が得られる居場所はなくなりつつあるのです。それを提供するのがコミュニティです。しかもコミュニティは自由なのです」

キャプテンは、あたかも時代的要請によってコミュニティが生まれたかのように言った。

紗栄子にも、コミュニティというものが少し理解できた。もちろんコミュニティを素直に受け容れているクルーたちの顔には笑顔が絶えず、その瞳は輝いている。

だが紗栄子は、そんな皆の態度に何か違和感を覚えるのだ。

――これまでの固定観念を捨てなければ。

何かを否定することはたやすい。だが否定してしまうと、受益者にはなれない。

――今まで自分を支えてきたもの、正しいと思ってきたもの、当たり前だと信じてきたもの、そうしたものを入念に洗い出し、捨てるべきは捨てねばならない。だが、それでよいのか。

その時、キャプテンが笑顔で話し掛けてきた。

「紗栄子さん、どうですか。何となく分かりましたか」

「は、はい」

紗栄子は戸惑いながらもうなずいた。

「まだ完全には受け容れられていないようですね」

紗栄子は正直に答えようと思った。

「ええ、その通りです」

「それでいいんです。何もかもすぐに受け容れることなどできません。人にはそれぞれ守るべき信念があり、誇りもあります。しかし、それが今の時代に通用するものなのか。そこから考え始めなければならないのです」

その後、キャプテンの話は日本という国のことに移っていった。つまり日本は二十世紀の工業化社会の成功体験を捨てきれないまま、二十一世紀の情報化社会に対応していったがために、挽回不能なほどのダメージを受けた。それでもオールドタイプの知識人やジャーナリストたちが、グローバリズムや情報技術の進展を批判し、その否定的意見を、新しい時代に対応しきれていない大衆が受け容れているという現状について、キャプテンは語った。

キャプテンは言う。

「僕は古いものがすべて悪いとは思いません。日本固有の古い伝統は守っていかねばなりません。しかし新しいトレンドを受け容れることも大切です。それを両立できる人がどんどん生まれてきた時にこそ、日本は新たな旅立ちができるのです」

万雷の拍手に送られてキャプテンが去っていく。

時計を見ると、八時半を回っていた。

司会者役のクルーが「そろそろ終わりです」と告げる。それを合図に、皆で宿題の分担を決めて散会となった。

二

コミュニティが終わった後、島田結衣と食事をすることになった。和洋中バラエティに富んだ食事を出す相席居酒屋に入った二人は、カクテルを頼み、食事をしながら話をした。

相席居酒屋は、女性は食事が無料なのでよく利用する。いい男が来ることにも多少の期待があるのはもちろんだが、たいていは幻滅するだけなので期待しないようにしている。

「どうだった」

乾杯をするやいなや、島田が聞いてきた。

「楽しかったよ」

「本当――」

男に媚びるように、島田が小首をかしげる。

島田は長身の紗栄子より十センチほど身長が低く、小太りの体形をしており、決して美人とは言えない。だがいつも笑みを浮かべていて愛嬌があるので、男性には人気がある。

「こうした集まりは、とても有意義だと思う」

「じゃ、紗栄子も正式に入ってみる」

その問いに、紗栄子は沈黙で答えた。

「やっぱり合ってなかったんだ」

「ううん、そんなことない。でも月に五千円払い、月に二度もウイークデーの夜を使い、土日も個人的に会ったりとか、作業したりとか、私にはできないんじゃないかと思って。下手に入って、皆に迷惑をかけるわけにもいかないしね」

「そうね。だから無理には勧めないわ」

意外にも、島田はコミュニティ活動を強く勧めてこなかった。紗栄子にとって会費の負担が大きいのではないかという忖度が、そこにはあるのだろう。

「結衣はよく続けられるね」

「私にとって、あそこだけが寄る辺なのよ」

島田が「寄る辺」などという、あまり聞かない言葉を使ったので、紗栄子は意外だった。

「結衣は家族と同居しているし、学生時代からの友だちも多いじゃない。寄る辺ってそういうものじゃないの」

「違うわ。家族はもちろん学生時代の友だちとも、今となっては価値観を共有できない。つまり何かの目標に向かって一緒に歩めない」

「結衣は何がしたいの」

「自分が何者か知りたいの。自分が知らない能力を引き出したいっていうか、生きているという実感を摑みたいの」

──つまり自己実現ね。

紗栄子にもその気持ちは分かる。何かに熱中し、何かを達成したいのだ。その中から、自分にもできることや、ほんの少しでも人より優れた一面が見えてくるかもしれない。

「その気持ち、何となく分かるかも」

「でしょう。毎日会社に行って押し付けられた仕事をして、黙って聞いているだけの会議で時間を無駄に使う。こんな生活、もううんざりだわ」

——でも抜けられない。

紗栄子とて、それは何ら変わらない。いや、むしろ派遣労働者の分、正社員の島田より無味乾燥なものと言える。

紗栄子の毎日は、派遣労働者の典型のようなものだった。

できる限り外食は控え、お米は一度に炊いてサランラップで巻いて冷凍し、三日から四日はそれを食べる。残業が多いのでレトルト食品は欠かせない。メルカリで安い化粧品を購入し、服も買わない。ドレスアップしなければならない時は、一回三千円～五千円で服や靴をレンタルできるサイトから借りる。だいいちドレスアップしなければならないイベントなど少なく、そうした時にだけ利用しようと大事にしまっておいても、すぐに流行から取り残されてしまう。

電車ではスマホゲームか無料の漫画サイト、家ではYouTubeを楽しむくらいで、レンタルＤＶＤを借りることさえしなくなった。

島田がぼやく。

「理想の相手と結婚できても、それで幸せになれるってわけじゃないしね」

島田は三十四歳の紗栄子よりも、確か二つか三つは若い。

「でも、それは相手次第じゃない」

「それはそうよ。愛する旦那さんとの間に子供ができ、幸せな家庭を築けるかもしれない。でも自分の可能性と引き換えにするほど、それが価値のあるものなのか疑問に思っているの」

「自分の可能性と言っても、何をすれば、それが見えてくるの」

「それを見つけるためにコミュニティに入っているのよ。そこで何かを見つけたり、素敵な出会いがあったりするかもしれないでしょ」

「やっぱり男か」

「まずは男ね」

二人が笑った時だった。店員が二人の男性を連れてきた。

「ご同席を希望しておりますが、よろしいですか」

店員の背後には、二人のサラリーマン風の男が笑みを浮かべて立っている。

——しょうがない。

どう見ても冴えない二人だが、話が弾まなかったら、後で店員にチェンジをお願いすればよいので、気にすることでもない。

島田と視線を合わせると、島田がうなずいた。

「もちろんです」

紗栄子が何か言う前に、島田がにこやかに応じた。

その後、芸能界や映画といった双方で通じる話題で盛り上がりながら、一時間ほど過ごした後、居酒屋を出ることにした。

二人が名刺を出してきたが、紗栄子は名刺なんて持っていない。

一方、島田は名刺を持っているが渡さなかった。二人の男性には「後で連絡するわ」と言って先に店を出た。

新宿から京王（けいおう）線に乗って最寄り駅に着いた時には、十時半を過ぎていた。高井戸（たかいど）駅からマンションまでは十五分ほど歩かねばならないが、明るい場所を通るので心配は要らない。

――自己実現、か。

三十四歳という結婚や出産にはタイムリミットが迫ってきた紗栄子にとって、自己実現など二の次なのかもしれない。だが、たとえ結婚と出産ができても、そのまま旦那と子供の世話に明け暮れ、年を重ねてしまっていいのかとも思う。

紗栄子の場合、短大卒だからかもしれないが、周りにいた友人と自己実現の話などしたことはなかった。だが四年制大学を出ているからか、島田は普段から友人とそうした話をしているようだ。

――私たち派遣労働者とは違う価値観で生きているんだわ。

「意識高い系」という言葉をよく耳にするが、確かにこの世に生を受けたからには、自分の能力や創造性を引き出したい。もちろんそれには生活の安定が必須だが、今の安月給では生活するだけでせいいっぱいだ。それが少し余裕のある島田との違いなのかもしれない。

――そもそも、私に何ができるの。

これまで自己実現など考えたこともなかった紗栄子にとって、のめり込むほどの趣味はないし、何かをやりたいという衝動も意欲もない。

「だからコミュニティで、それを見つけるの」

島田だったら、そう言うに違いない。

だがコミュニティに入ったからといって、それが見つかる保証はない。それでも多くの人と接する中で、何かを見つけられるかもしれない。

――少し考えてみよう。

それにしても月に五千円余の会費は、あまりに重い。

いろいろ考えているうちに、マンションに着いていた。

入口にある郵便受けから郵便の束を取り出す。大半は用のないチラシばかりだが、たまに近くのスーパーのセール情報やピザ屋の割引券が付いているので、チェックは欠かせない。

それを片手に部屋に入って椅子に座ると、どっと疲れが出た。初対面の人ばかりで無理に作り笑いを浮かべていたので、精神的に疲れたのだろう。

リモートで風呂の湯を沸かそうと思ったが、今朝は急いでいたので、バスタブを洗っていないことに気づき、スイッチから手を放した。

すぐに立ち上がる気も起らず、なんとはなしにチラシ類をめくっていると、手紙が挟まっていた。差出人は母の芳江だった。

——あっ、どうしたのかしら。

いつもなら電話を掛けてくるのだが、あらたまって手紙というのが不可解だ。

胸騒ぎがして慌てて封を切ると、何枚かの便箋に懐かしい母の字が綴られていた。

長い前置きの後、電話では話しにくいので手紙にしたとあり、その後に用件が続いていた。

それを読んだ紗栄子は愕然とした。

――兄っちゃんが病気になった！

慌てて実家に電話を掛けると、母はすぐに出た。

「ああ、紗栄ちゃん、手紙さ届いたんだか」

「んだ。兄っちゃんが病気ってどういうことさ」

「電話だと、どしても話しにぐくて。手紙さ出した」

母の声が沈む。母の芳江は六十九歳になったばかりだが、父の幹久を四十代で亡くし、その後は女手一つで二人の子を育ててきた。それほど強い母だが、この時ばかりは途方に暮れたような弱々しい声音なのだ。

「どういうことさ」

「実は、春馬が病院さ行っだらね」

兄の春馬は紗栄子の二つ年上なので、三十六歳になる。すでに結婚して子供も一人いる。

「病院さ行って、何て言われだ」

紗栄子は次の言葉を聞くのが怖かったが、そんなことを言っている場合ではない。

「どうやら頭の中さ影があるらしいのさ」

「影って何」

その時、背後で何かざわめきが起こると、「私が代わります」という声が聞こえた。

「香澄(かすみ)です」

代わって電話に出たのは、春馬の嫁の香澄だった。

「あっ、香澄さん、いったいどうすた」

「うん、それがさ、どうやら春馬さ脳腫瘍(のうしゅよう)があるらすいの」

「脳腫瘍って――」

紗栄子が絶句する。

「去年から頭痛がする言い出して、最初はアスピリンさ飲んでだけど、治まらんので、夏が終わって青森市民病院さ行っだら、腫瘍があるって先生が言うのさ」

「そ、そえで兄っちゃんは――」

「今は畳さ編(あ)んでる」

春馬は畳職人をしている。

「そっだらごとして大丈夫なの」

「うん。私はやめてけと言ったんだば、本人がきりのいいとこまでやりてえって言うのさ」

香澄が苦しげな声で言う。

「そえで、脳腫瘍は命さかかわるほどのごどなの」

しばらく沈黙があった後、絞り出すような声が聞こえた。

「お医者さんが言うには、悪性だった場合、手術で腫瘍を取り除いても再発の可能性が高いで、どんだけ生きられっが分がらんて」

電話を通して香澄の嗚咽(おえつ)が聞こえる。

「香澄さん、すっかりすて」

それは自分への言葉でもあった。じんわりと背に汗が浮かんできているのが分かる。動悸(どうき)も速まってきており、口の中も乾いてきている。

——しっかりしなさい。兄っちゃんは死なない！

なぜか子供の頃、積もった雪の中、兄と二人でうさぎを追い回した記憶がよみがえってきた。ただそれだけのことなのだが、初春の陽光を浴びた春馬の顔は輝いていた。

——あの兄っちゃんが死ぬもんか！

気づくと涙が溢れていた。

「紗栄子さん、大丈夫」

「うん。そいで手術はいづなの」

「一カ月ぐれ先だと。まずは組織を取って悪性か良性か判断し、二回目の手術ですべて取り除ぐらすいの。でもね――」

「何が問題でもあるの」

「春馬は手術の日を先さ延ばすだいと言うの」

「どっだごとなの」

紗栄子は愕然とした。

――まさか、兄っちゃんはねぶた祭に出るつもりでは。

それに気づくと同時に、香澄の声がした。

「春馬は、ねぶた祭が終わってでからにすてほすいと言うの」

「兄っちゃんは今年のねぶたさ出るつもりなの」

「んだ、本人は出ると言ってる。そいで――」

香澄が言いにくそうに言う。

「私の言葉は聞く耳持たなんのよ。そえで義母(かあ)さんと相談し、紗栄子さんから直接自重(じちょう)するように言ってもらうがなど思って」

「もぢろん、それは構わんさ。半年も手術を先に延ばすだら、手遅れさなってすまう」

「んだ。市民病院の先生が、すぐにやった方がよいで言っどるし、すぐにやらねと――」

香澄の嗚咽が聞こえる。

「香澄さん、分がった。すぐに行ぐから」

「んだ。そえで――、いづ来てもらえるがな」

「今は何ども言えねげど――」

「仕事、大丈夫なんだか」

「それどころじゃねえべさ」

「んだね。来でくれれば心強いけど。そろそろ、ねぶたの支度さ入ると言うし」

「なすて、こんな時に」

「本人には、本人の思いがあるらすいのよ」

「んだ。すべては帰ってから聞く」

それで通話を切ったが、すぐに不安になり、再びスマホを手にした。だが電話を掛けたところで、もう新しい情報はないだろう。

紗栄子は不安を押し殺してスマホを置いた。

――私がしっかりしなければ。

そうは思うものの、不安ばかりが込み上げてくる。

——兄っちゃん、死なないで。

まんじりともしない夜が明け、勤務先に行って事情を話し、派遣会社に連絡を取った。身内の急病ということなので、勤務先も派遣会社も理解を示してくれた。逆にそれは、代わりはいくらでもいるということの証しでもあった。

知らせから二日後、紗栄子は青森空港行きの飛行機に乗っていた。

三

青森空港は雪に覆われていた。そんな当然のことさえ思い描いていなかった自分が可笑しい。

——これまで冬場に帰省することが少なかったからだ。

青森は北国なので冬は雪に閉ざされる。そのためわざわざ寒いところに戻るのが嫌で、正月に帰省することもなかった。思えば三年半ぶりの帰郷になる。

空港を出て市内行きのバス乗り場に向かっていると、ねぶた祭のポスターが目に入った。

「青い森の夏燃ゆる」というコピーと共に、深紅と橙色に染められた二つの厳めしい顔がにらみ合っている。昨年の「ねぶた大賞」受賞作の一部をモチーフにしたものだ。二つの顔の下には「青森ねぶた祭」と書かれた金箔の題字が躍り、青森港の夜景写真が下方に配されている。

——帰ってきたのね。

ほかの地方空港と大差ない青森空港の中で、そのポスターだけが存在感を主張していた。

——青森はねぶたの町。

ねぶた祭という祝祭があるからこそ、青森人は自らのアイデンティティを確かめられるのだ。

——もしもねぶた祭がなかったら、この町はどうなっていたの。

どこの地方都市も過疎化が進み、ひどくさびれている。青森とてそれは例外ではない。だがねぶた祭の時だけ、各地に散った同郷人が戻り、青森はかつての熱気を取り戻す。

——たった一週間の熱狂か。

それが一週間という短いものだからこそ、人々は燃え尽きるまで踊り狂うのだ。

耳奥からねぶた祭特有の掛け声が聞こえてくる。

――ラッセラー、ラッセラー、ラッセ、ラッセ、ラッセラー！

それは笛や太鼓の囃子（はやし）に乗せられ、人々を狂乱の坩堝（るつぼ）へと誘い込む。

――この町にはそれしかない。だがそれがあるからこそ、この町は死なない。

われに返った紗栄子は、バス停に向かった。

市内行きのバスに乗ると、しばらくの間、白一色の田園風景が続く。それが次第に終わり、市内に入ると、車窓から見える風景は逆に寂しいものへと変わっていった。

商店街はどこもシャッターを下ろし、歩いている人はほとんどいない。店の前の歩道は雪かきがされておらず、どこも積もるに任せている。

――まるで生きている人がいないよう。

かつては積雪の多い冬でも、商店街の人々は力を合わせて雪をかき、お客さんが歩きやすいようにしていた。だが郊外型量販店の進出によって商店街から客足は遠のき、それに追い打ちをかけるように、商店街全体に高齢化の波が押し寄せたことで、大半の店が閉店を余儀なくされた。高齢化と人口の減少は郊外型量販店にも打撃を与え、閉鎖を余儀なくされるモールや大型店も出てきている。

――このまま行けば、ねぶたの時だけ人が集まる町になってしまう。

本町一丁目のバス停を下り、しばらく歩くと実家が見えてきた。この辺りは青森市で最も賑やかな地域であり、この季節を除けば飲食店が遅くまで営業している。だが今は雪に埋没するかのように、どの店も沈黙している。

「工藤畳店」という看板にも雪が貼り付き、字がほとんど見えない。だが今となっては、看板を見て畳屋だと認識し、畳を注文してくる客などいないので、どうでもよいのだろう。

父の代から、「工藤畳店」は既存の地域人脈だけで商売をしている上、年を追うごとに畳の需要は減ってきており、今は兄一人で十分に注文をこなせる。

「ただいま」

建付けの悪い引戸を開けると、春馬が仕事をしていた。畳の心地よい匂いが鼻腔(びこう)に広がる。懐かしい実家の匂いだ。

「兄っちゃん」と言ったきり、言葉が続かない。

眼鏡を外した春馬が、目をしばたたかせながら焦点を合わせている。

「ああ、紗栄子が」

「どすたの。まさが見えんの」

挨拶もせずに紗栄子が問う。

「見えにぐいだげだ。腫瘍が視神経を圧迫しておるんだと。腫瘍ば取り除けば、まだ見えるようになる」

　これまで目がいいのが自慢で、誰よりも遠くまで見通せることを自慢にしていた春馬が、まさか眼鏡を掛けるとは思わなかった。

「兄っちゃん、体の方は大丈夫なんだが」

　春馬の近くまで行くと、青畳の匂いと懐かしい兄の体臭が漂ってきた。

「ああ、頭以外は心配要らん」

「でも、なすて仕事なんでする」

「仕掛がりのものだけだ。まだ手え付げとらん注文は隣町の畳屋さ回した」

　その時、廊下を走る音がすると、框(かまち)に小さな姿が見えた。

「おばちゃん！」

「あっ、杏(あん)ちゃん」

　裸足のまま土間に下りた杏が、飛び上がるようにして紗栄子に抱き着く。

「おばちゃんが帰ってぎだ！」

「おばちゃん、杏ちゃんに会いだかったよ」

「杏もだよ」

紗栄子が杏を強く抱き締める。

杏は春馬と香澄の一粒種で四歳になる。三年半前に帰郷した時は小さくて何も分からなかったが、その後日香澄が杏を連れて東京に来た時に一緒に過ごしてから、大の仲よしになった。

奥から香澄と芳江もやってきた。

「ただいま!」

紗栄子が元気よく言うと、二人が満面に笑みを浮かべ、「お帰んなさい」と言ってくれた。

にぎやかな夕飯が終わると、気まずい沈黙が訪れた。だが病気の話題と説得を避けて通るわけにはいかない。

ちょうど杏を寝かしつけた香澄も戻ってきた。それと入れ替わるように、芳江が「洗い物をしてくるわ」と言って席を立った。自分がいない方がよいと思ったのだろう。

「兄っちゃん、順を追って説明すてけろ」

「何だ、聞いでねのが」と応じつつ、春馬がポケットを探る。

「煙草はもうやめたんでねえの」

香澄の声に、春馬が無言でうなずく。

「前がら頭痛えごど度々あったんだども、去年からひどくなってね。左の手足さ力入らねぐなった。したばって去年のねぶた祭は乗りぎったが、その後に堪えぎれねほどになって病院さ行っただ」

昨年のねぶた祭で、春馬のねぶたは市長賞を取った。市長賞は「ねぶた大賞」「知事賞」に次ぐ三位の価値がある。選考の対象となる大型ねぶた二十二台の中で三位という成績は、第一位相当の「ねぶた大賞」を翌年に狙える好位置につけている。

その知らせを芳江からの電話で聞いた紗栄子は、飛び上がらんばかりに喜んだ。だが電話を代わった春馬は、「選考方法がおかしい」と文句をつけ、「翌年は大賞を取る」と息巻いていた。ところが、その間も病魔は進んでいたのだ。

香澄が話を引き取る。

「市民病院でＭＲＩ検査すて、脳腫瘍と分がっだのさ。もう頭が真っ白になっぢまって――」

香澄が口に手を当てる。

「まだ死ぬと決まっだわげでね」

春馬が平然と言う。

「まずは良性か悪性か、検査のために組織を取るんだべ」

「んだ、そう聞いどるけど、開頭手術になるでたいへんはたいへんだ」

「なすて。そんだ大げさなごとばするんだ」

「生検術といって腫瘍の組織を取るんだが、場所が深いんで、開頭した方がやりやすいど言われた」

それが市民病院の判断なのかもしれないが、紗栄子は内視鏡手術の進んでいる東京の大学病院に、春馬を連れていきたかった。

「兄っちゃん、せっかくの機会だで東京の病院さ行ってみねえが。今はセカンド・オピニオンの時代さ言うだろ。市民病院の先生が気ば悪ぐするごともねよ」

春馬が首を左右に振る。

「いんや、手術はごごで受げる」

「ちっと待っで。東京には脳腫瘍の手術が得意な病院もあるだべ」

紗栄子は、そこまで調べてこなかったことを悔いた。

香澄がおずおずと言う。

「ねえ、あなた、紗栄子さんの言うごとにも耳ば傾げて」

「いんだ。わいはこごさ離れねえ」

「まさか兄っちゃんは、今年のねぶたさ出るづもりか」

春馬が弄んでいた茶碗を強く置くと言った。

「そんだ。出る」

即座に香澄が言う。

「それは無理だべ」

「おめは黙ってろ」

香澄は気分を害したのか、「義母さんば手伝ってくる」と言うと席を立った。

これで居間には、紗栄子と春馬だけになった。

「兄っちゃんのねぶたへの思いは知ってら。すたばって今年は休むべよ」

「いんや、休むづもりはねえ」

「この時期なら、運行団体さんも了解すてぐれるさ」

春馬は「青森県ねぶた振興会」という地元企業団体のねぶたを請け負っていた。人気のあるねぶた師は多い者で三台のねぶたを請け負うが、春馬は実績に乏しいことから、まだ一台しか担当していない。

かつてねぶた師は、「ねぶたコへ」と呼ばれた。「コへ」は「こさえ」のなまったもので、尊称というより「ろくに仕事もしないでねぶた作りに精を出す道楽者」に対する蔑称だった。

「いや、もう断る時期は過ぎだ。期待もさいでら」

「そっだごとねえ。やりたい人はたくさんおるし」

ねぶた師は食べていくのがたいへんな職業だが、意外にも、ねぶた師になりたい若者は山ほどいる。彼らは「台持ち」のねぶた師に付いて修業を積み、そのうち実績を買われて運行団体から声が掛かったり、師匠から台を譲られたりするのを待っている。少し前までは「食べていけない」ことから、ねぶた師になりたい若者は少なく、ねぶた制作の将来さえ危ぶまれていた。だが今は、「やりたいことをやる」ために、若者たちが集まってきていた。彼らは親の脛をかじっているのか、稼ぐことに興味がないのか、賃金などにこだわらず、ねぶた作りに精を出している。それに気づいた運行団体は、年々制作費を削りつつある。

ちなみにねぶたを作るには、スポンサーにあたる運行団体が必須になる。運行団体は単一の企業か企業グループが中心だが、公的機関や特定の集団が団体となるケースもある。

運行団体からねぶた師がもらう請負額は四百万円から五百万円台で、ここから材料代、電気関係費用、人件費を払うと、一台当たり百五十万円前後の利益しか残らない。ねぶた師の調査やデッサン（下絵）に要した時間は入れていないので、実質的にはとんとん、想定外のことが起こると、ねぶた師の持ち出しになる。それでも、やりたい者は後を絶たないのだ。

「今の段階で降りたら、振興会さんに迷惑掛がる」

「そんなことねえ。まだ時間あるべ」

ちなみに今年は、四月八日にねぶた制作者（ねぶた師）および出品題が決定する。まだ三カ月半近い猶予があるが、遅くともその一カ月ほど前までに、誰か別のねぶた師に仕事を譲らないと、運行団体に迷惑が掛かる。

「兄っちゃん、元気になってからけっぱるべ」

「そっだらわげにはいがね。いったん誰かさ台渡すたら、もう戻ってごね」

見習いの多くは虎視眈々と一本立ちを狙っている。いったん誰かに台を譲ってしまえば、戻ってくる可能性は低い。

「そっだごとね。お父ちゃんの時代から、うちと付き合いのある団体さんは多いべ。きっと戻ってぎてぐれる」

項星というねぶた師号を持つ父の幹久は、三年連続で「ねぶた大賞」を受賞し、名人位をもらうほどの指折りのねぶた師だった。最盛期で三台ものねぶたを受け持っていた幹久だったが、急死すると、春馬にはどの団体からも声は掛からなかった。父の下で修業を積んできていたものの、十代だったので無理もなかった。

そのため春馬は中学を卒業し、畳職人として仕事をするかたわら、父の下でねぶた師の修業をし、父の死後も、成田鯨舟という父の弟子だったねぶた師の手伝いをした。そして三年前、ようやく鯨舟から譲られる形で、青森ねぶた振興会の台を請け負うことができた。

「他人さ台渡すてだまるが！」

春馬が強い口調で言う。

――確かに、いったん渡してしまえば、もう台は戻ってこないかもしれない。春馬が快復し、復帰しようとしても依頼してくる運行団体がなければ、ねぶたを作るわけにはいかなくなる。再び誰かの下に付くことはできるかもしれないが、その時のモチベーションの低下は、いかんともし難いだろう。

参加団体の数も最盛期の二十五団体から二十二団体にまで減ってしまい、過当競争は激しくなってきている。こうした状況下で、「渡したくない」という春馬の気持ちも、よく分かる。

「兄っちゃん、振興会さんは、そっだら冷だぐね」

「ばって代理の者が作ったねぶたが入賞すだら、運行団体だって、そいつを切れねぐなる」

入賞は五位までで、一位がねぶた大賞（平成六年まで田村麿賞）、二位が知事賞、三位が市長賞、四位が商工会議所会頭賞、五位が観光コンベンション協会会長賞となる。これらはねぶたそのものの配点が六割で、残るは囃子や運行などで決まる。そのため、ねぶただけを評価する最優秀制作者賞が設けられていた。

ちなみに、ねぶたを作ることは製作ではなく制作という言葉を使う。ねぶたの芸術性を尊重しているからだ。

「兄っちゃんなら、一年ぐらい休んでも大丈夫だ。振興会さんがだめでも、きっとどこがが依頼すてくる」

「そったらごとはあてんならね。小笠原さんのことは知ってらはずだ」

「そっだごとば聞いだが――」

小笠原巌流というねぶた師は、大賞を取ったことはないものの、知事賞と市長賞を二回ずつ取ったことのある名人級のねぶた師だった。ところが病気で一年間休んだことで、二つ持っていた運行団体を失った。小笠原はねぶた師として円熟の境地に達していたので、ねぶた師仲間は惜しんだが、台を譲る者はいなかった。

「ああはなりだくね」

失意の小笠原は、酒を飲んでは台を持つねぶた師の制作現場に足を踏み入れ、何度もトラブルを起こしていた。一度でも大賞を取っていれば、名人位をもらえずとも、それなりの扱いを受けていたと思うと、わずかな差によって失われたものの大きさに愕然とする。

結局、小笠原はアルコール依存症同然の状態になり、引退を余儀なくされた。風の噂では、「一度でいはんで大賞ば取りだがった」と言っては酒を飲んでいるという。

「ばって小笠原さんは六十過ぎだべ。兄っちゃんはまだ三十代。こいがら、なんぼでもチャンスはある」

「そっだらごたねえ。去年三位に入り、今年が勝負の年さ」

ねぶた師とは不思議なもので、上昇気流に乗った時に一気に大賞を取らないと、次第に下降線をたどり、五位入賞さえ覚束(おぼつか)なくなる。これは、ねぶた師の問題というより、選考基準があいまいで、点数の付け方も個々の選考委員に任されているため、多分に前年の成績や期待値によって高得点を与える傾向が強いからだ。

「そんだとしても、兄っちゃんは病気だ。今年ばあぎらめて、すぐに手術を受げるべきさ。もぢろん市民病院でいはんで」

「いや、秋まで手術は受げね」

「待ってけ。脳腫瘍は癌だ。癌は転移さするもんだ」

「そっだらごたねえ。おめは脳腫瘍について知らんがら、そう言える」

　春馬が説明する。

「わいの場合、原発性脳腫瘍どいって、ほがから転移すてぎだ転移性脳腫瘍ど違って、ほがの部位に転移するごとはあまりね。すかも半数良性だはんで、良性の診断下れば、脳にある腫瘍ば取り去るごどで快癒する」

「ちと待ってけ。もすも悪性だっだらどうするのさ。家族のごとも考え、すぐにでも手術すねばいがん」

　春馬が苦しげな顔をする。確かに家族のことを考えれば、手術を先延ばしする危険は冒したくないに決まっている。

「わいは勝負すたいんだ」

「なすて、そごまで頑固になる」

「親父の言葉ば覚えどるか」

「どの言葉よ」

「ねぶたの輝ぎは一瞬どいう言葉だ」

ねぶた祭が終わると、ほんの一部のねぶたを除き、大賞を取ったものでも破棄される。かつて幹久は、自らが大賞を取ったねぶたを壊すところに、小学生の春馬と紗栄子を連れていった。

その時、「壊さねで」と泣く二人に、幹久は言った。

「ねぶたの輝ぎは一瞬だ。そいだがら価値がある。ねぶたを壊すた時、ねぶたさ人々の記憶さ刻み込まれ、ずっと忘れらんなぐなる」

むろん一介の畳職人の幹久が、こんなうまい言い方をしたわけではない。だが朴訥な口調で話した内容は、こんなことだったと記憶している。

「わいの輝ぎは今だ。なすてか『今年を逃すな』と、父っちゃんが言ってる気がする」

「それは兄っちゃんの思い込みだ。父っちゃんも『養生すでからにすろ』と言ってるはずさ」

春馬が首を左右に振る。

「いや、そんなごど言わん。男の気持ちは、おめには分がらん」

「ばって、ねぶたを完成させるまでのねぶた師の負担は並大抵でね。そこまで体力や気力が持づんだが」

「引き受げだからは、やるすかね」

「分がだ」

　紗栄子は妥協案を提示した。

「生検術だけはすぐさ受げでな。そいだば、ねぶた祭が終わると同時さ、切除手術に入るべ」

「駄目だ」

「なすて」

「生検術は開頭手術だべ。先生によると、二週間ぐらい安静にすておらねばいげね」

「でも意識さあるはず」

「んだ、手術直後でも話ばできると」

「そすたら、誰かが手足となって動げばいいだね」

　春馬が首を左右に振る。

「そんな気の利いた奴ばおらんし、昼夜を分がたぬ作業さなる。ここさ寝泊まりすてもらわねばなんね。だいいち、わいの指示を正しく形にできる仲間や弟子はおらね」

「おるよ」

「どこに」

「ここに」

春馬が大きなため息をついた。

四

紗栄子は派遣社員なので、休みを取るも取らないもない。新しい仕事を望まない限り、仕事に就くこともない。一月下旬、東京に戻った紗栄子は、長期にわたって帰省することを念頭に荷物をまとめた。マンションを解約しようかどうか迷ったが、先のことは流動的なので、そのままにしておいた。

これまで派遣されていた会社に挨拶に行こうと思ったが、登録している派遣会社から「その必要はありません」と言われた。こちらのことを慮(おもんぱか)ってくれたのか、派遣労働者など歯牙にも掛けていないのかは分からないが、無駄なことには違いないので納得した。そのためお世話になった方々にはメールでお詫(わ)びをした。

しかし個人的に仲よくしている島田にだけは連絡し、会社が終わってからカフェで会うことにした。

待ち合わせ場所のカフェに先に入っていると、雨が降ってきた。

——東京はいつも雨。

東京に雨が降る時、おそらく北関東以北は雪になっている。青森にも深々と雪が積もっているに違いない。

約束の時間から二十分ほど遅れ、島田がやってきた。

「遅れてごめんね」

「ううん、大丈夫。それよりも忙しそうね」

「ええ、私の年齢だと、もうプロジェクトの一つや二つを任されるでしょ。それがたいへんなのよ」

島田が「やれやれ」といった調子で言う。

「それも期待されているからよ」

「うん。もう女の子じゃないからね。それなりに責任があり、実績を挙げなければ、それなりのポジションしか与えられない。コミュニティどころじゃないかもね」

それでも島田の顔は、心地よい疲労感に満たされていた。

正社員として責任ある仕事を任せられている島田は、紗栄子にとって眩(まぶ)しい存在だった。

――私はいつまでもコピー取り。

島田とは対照的に、自分はいつまでも同じ仕事を続けなければならない。短大入学当初は知らなかったが、今の時代、短大卒はコネでもない限り、正社員になることは難しい。もちろん紗栄子も正社員として働きたかった。しかし軒並み入社試験で落とされたことで、致し方なく派遣会社に登録し、とりあえず派遣社員として働き始めた。

――だけど、その「とりあえず」を続けていると、正社員になった人とは、とんでもない差をつけられる。

正社員の島田と派遣社員の紗栄子の間には、隔絶した大きな谷が横たわっていた。紗栄子の場合、今の職場にずっと居られても、責任ある仕事に就くことはない。自分が四十を過ぎてコピーを取っている姿を想像すると、絶望的な気持ちになる。

「もう会社に来ないんだってね。突然のことでびっくりしたわ。せっかく仲よくなったのに、みんな残念がっていたわ」

紗栄子は島田のいる会社に、かれこれ二年半ほど派遣されていたので、島田以外にも親しくなった人はいる。

「ありがとう。でも仕方がないことなのよ。私も寂しいけれど、ＬＩＮＥでつながっているから、いつでも会えるわよ」

しかしそれが空疎な言葉なのは、互いに知っている。学校時代の友人でもない限り、仕事で知り合った一時的な関係は、次第に軌道から遠ざかっていく彗星のように、再び交わることはない。たとえ飲み会に一、二度誘われたところで、共通の話題も減っていき、そのうち疎遠になっていくのだ。

紗栄子がやめる事情を簡単に話す。

「そういうことだったんだ。私たちは一身上の都合としか聞かされていなかったんで、何か気を悪くすることでもあったんじゃないかと思っていたわ」

「ごめんね。全くそういうことじゃないの」

「それはよかったけど、お兄さんはたいへんね」

「そうなのよ。まだ子供も小さいし――」

「でも、それも運命よ」

――運命か。

島田があまりに安易に運命という言葉を使ったので、紗栄子は内心鼻白んだ。

――島田にとっては他人事でしかないのだ。

だが運命という言葉には、一縷の希望がある気もする。

――何事も運命として、受け容れねばならないのかもしれない。

兄の春馬は、自分の悲運を嘆きはしなかった。少なくとも紗栄子には、運命として受け容れているように思えた。だがそれは運命として受容したというより、「何があっても、男はじたばたするな」と、父から叩き込まれているからなのだ。

「運命なんて言葉を軽々しく使ってごめんね」

紗栄子が沈黙していたからか、島田が謝ってきた。

「ううん、いいの。今ちょっと運命という言葉の意味を考えていたから」

「生きている限り、運命と考えなければ前に進めないこともあるわ」

その言葉は、何か経験に裏打ちされているような気がした。

「何かあったの」

「実は、私も中学生の時、小学生の弟を亡くしているの」

「えっ」

紗栄子は愕然とした。

「弟は生まれた時から心臓が悪かったんで、両親は覚悟していたようだけど、私はどうしてもあきらめきれなかった。『私が代わりに死にたい』とまで神様にお願いしたわ。弟は泣きじゃくる私の頭を撫でてくれたわ。そしていよいよ最期が近づいた時――」

島田が涙を堪えながら続ける。

「薄れていく意識の下で、弟は『お姉ちゃんじゃなくてよかった』と言ったのよ。私はわんわん泣いたわ。でもその時、私は運命を受け容れねばならないと思ったの」

「運命を受け容れる――」

気づくと紗栄子も、もらい泣きをしていた。

「そうよ。病魔は私じゃなくて弟に巣くった。それは運命だったの。ようやく五年経ち、十年経ち、その運命を受け容れられるようになったわ。そしたら弟の分まで懸命に生きねばならないと思ったの。だから仕事に全力投球したし、それでもあきたらなくて、コミュニティにも入ったわ」

――そうか。結衣は心の空白を埋めるために、何事にも懸命に取り組んできたんだ。

それでも島田の心の空白は埋まらないのだろう。

「そんな生き方をしている結衣に、きっと天国の弟さんも喜んでいるわ」

「いいえ、まだまだよ。きっと弟は、『お姉ちゃんは、もっとがんばれる』って言っているわ」

ちらりと外の風景が目に入った。ちょうど交差点の前だったので、多くのビジネスマンやOLが傘を差して歩いていた。それぞれ何の感情もないように見えるが、心の奥底に、島田のような悲しみを抱えて生きているのかもしれない。

「青森に帰る前に、結衣と話ができてよかった」

ハンカチで涙を拭いていた島田が顔を上げる。

「私もよ。お兄さんが快癒（かいゆ）することを祈っているわ」

「ありがとう。まだ良性か悪性か分からないけど、どちらに転んでも運命として受け容れ、最善を尽くすつもりよ」

「それがいいわ。人には、それしかできないんだから」

島田がぼんやりと窓の外を見た。その泣きはらした瞳は、元気だった頃の弟の面影を追っているように思えた。

五

いよいよ生検術を来週に控えた日、それまで誰にも見せていなかったデッサン画を、春馬が見せてくれた。そこには三面の顔を持つ悪鬼（あっき）と若々しい美男子が描かれていた。しかも二人は髪を振り乱して戦っている。

「この二人の神は誰」

「阿修羅と帝釈天だ」

「阿修羅ってあの阿修羅んごどか」

阿修羅と言えば興福寺にある端整な佇まいの少年の姿しか思い浮かばないが、春馬の阿修羅は凄まじい形相で帝釈天と戦っている。それは興福寺のものとは似ても似つかない阿修羅だった。

「おめは興福寺の阿修羅のことをイメージすてたんだべ」

「ほがにあんのか」

「実際は、ごっちの方がスタンダードだ」と言いつつ、春馬がファイルの中からいくつかの写真を見せてくれた。

「こいが三十三間堂のもん。こぢらは無量寿寺のもんだ」

「へえー、こいも阿修羅か」

これほど恐ろしげな形相の阿修羅像があることを、紗栄子は全く知らなかった。

「この無量寿寺の阿修羅さモチーフにする」

「それがいい。迫力もあるす。ばって、この構図は正面切って戦っでいねな」

「そんだ。激戦の果て、阿修羅が劣勢になっだ一瞬を捉えだ」

確かに阿修羅は、やや半身となって帝釈天から逃れようとしている。

「タイトルは何する」

「『修羅降臨』じゃどうだ」

阿修羅と修羅は同義になる。

「善と悪の戦いだべ。なすて帝釈天でなぐ、修羅がタイトルなのさ」

「それは、こっだこどだ」

春馬によると、天界では阿修羅が正義を、帝釈天が力を司っていた。二人は仲がよかったが、帝釈天が阿修羅の娘の舎脂（シャチー）を拉致して凌辱したことで、阿修羅の怒りは爆発する。それを知った帝釈天は、舎脂を正式な妻として迎えると言って許しを請うが、阿修羅は許さず、二人は味方を募って激突する。結局、劣勢となった阿修羅は天界を追われ、人間界と餓鬼界の間に修羅界を作り、そこで争いに明け暮れる日々を送ることになる。

「つまり正義は阿修羅の側さある。ばって阿修羅は相手を許す心を失ったさ。そいだから天部（仏教の神々）は阿修羅を天界から追放した。つまり赦心（しゃしん）や慈悲の大切さを説いた挿話ってごどだ」

「ばって悪いのは帝釈天なのに。なすて天部たちは阿修羅を追放すた」

「分がらん。だどん、そっだら話になっとら」

春馬が少し笑う。

「ばって、なすて今の時代に――」

春馬の声に熱が籠もる。

「現代がネットば中心にすた社会だはんでさ。例えばネット大衆は、目立ちすぎた者や何かに失敗した者、つまり攻撃対象を見づけると、皆で情け容赦なく攻撃すべ。集団で石を投げづけで、自分たちは正義の側にいると確かめ、安心すとる。つまりネット社会は複雑性を嫌い、善悪の二元すかねえ。だはんで、もっと相手を許す心を持だねばなんねと主張すだいんだ」

春馬の言うことは、紗栄子にもよく分かる。

ねぶたにはテーマ性も重要だ。それは現代社会の映し鏡であらねばならず、ねぶた師たちは多くの神話、古典、伝説などから、現代社会への警句となり得る話を探してくる。

――だけど、このテーマを具現化するのは容易ではない。

「三面六臂（さんめんろっぴ）（三つの顔に六つの腕）」という複雑な体をしているだけでも造形が難しいのに、この絵の阿修羅は身をよじり、大きくデフォルメされた足と拳を突き出し、帝釈天の攻撃を防ぎつつ退却しようとしている。

一方の帝釈天は、敗勢に陥った阿修羅を捕らえようと、左手を伸ばし、右手で金剛杵(こんごうしょ)を振りかざしている。双方の髪の毛と着物の裾は激しく乱れ、燃え盛る炎が二人を覆っている。

「こいば作るのは無理だ」

紗栄子が断じる。

ねぶたの大きさには、幅九メートル、奥行き七メートル、高さ三・一〜三・三メートル(台車含めて五メートル)という規定がある。その中で、これだけのものを造形していくのは無理に思える。

「なすてできね」

「詰め込みすぎとる。こいだば圧迫感強すぎる」

以前のねぶたの評価基準は、題材・構図・骨組み・書き割り(墨書き)・彩色といった技術面が重視され、技術力を駆使して考え難いような形を作り上げたねぶた師が上位の賞を独占していた。しかしここ数年は、技術力より迫力(パワーやエネルギー)・ドラマ性・オリジナリティ・精神性という創造力が決め手となりつつあった。

また全体をバランスよく調和させるアレンジメント力も問われる。つまりダイナミズムと繊細さを、うまく同居させている作品が評価されるようになった。

「こいだば、空間がねど言いでえのが」

「んだ。空間を作らず、ごちゃごちゃ詰め込んでらはんで奥行ぎが出でいね。父っちゃんも、『なんもねどごがあるんで、あるどごろが生ぎでくる』とか、『いがに作るがでなくて、いがに作ねがだ』と言っでだ」

「それは分がっでら。そいでも空間を感ずさせる演出はでぎる」

　春馬が断言する。

「そいだば、見返りはどうすべ」

　見返りとは、ねぶたの裏面のことだ。ただし見返りは採点の対象とはなりにくいので、無難なもので十分になる。それゆえ弟子に任せるねぶた師もいる。

「それはこいだ」

　春馬がファイルから別の絵を取り出した。赤を基調とした表とは対照的に、そこには青い空と白い雲だけの天界が描かれていた。その中央には、何かを心配するように胸の前で手を組む天女（てんにょ）の姿があった。

「こいは何さ」

「二人の戦いば心配そうに見でる舎脂の図だ。この時点だば、舎脂も戦いの結果ば知らね」

春馬が、さも愛おしそうに二つの絵を見比べている。

――いくつかの難点をクリアすれば、これは傑作になる。

直感に近い何かが、紗栄子にそれを教える。

「分がだ。こいで行ぐべ」

紗栄子が思い切るように言うと、春馬が「してやったり」という顔で言った。

「さすが、わいの妹だ」

だが紗栄子には、別の心配があった。

「こいば作るに、振興会はなんぼ出すの」

春馬が言いにくそうに言う。

「三百五十万だ」

「えっ、それだば、去年より五十万も少ねえんでねが」

「そんだ。わいも『昨年並みにすてけれ』と言っだんだが、振興会の理事は『もし無理なんだば、ほか当だります』だと」

「何でごどだ。このねぶた作るには、少なく見積もっても五百五十万、いんや六百万はがかる。兄っちゃんの利益なんて出んよ。そいでもいいんだが」

春馬が唇を噛む。

「仕方ねえさ」

「まさか、予算超えだら持ち出すにすんつもりが」

「それも考えでら」

「いい加減にすてよ。ただでさえ畳の注文減ってらのよ。やりぐりばすてら香澄さんの立場になってでよ。杏ちゃんだって成長すれば、今より銭子(じゃにこ)がかがる」

「そっだらことは分がってでら！」

胡坐(あぐら)座りしたまま、春馬が横を向いた。

「いっだいどうするんさ」

「そいでも勝負すたいんだ」

春馬が肺腑を抉るような声を絞り出す。

「すたばって、兄っちゃん」

「ねぶた大賞ば取るごどは、わいの夢だ」

そこまで言われては、返す言葉はない。

鉛のような沈黙が、狭い居間に漂う。

「分がだ。私にできるごどはする。でも生検術ば受げでから、二週間は絶対安静にするど約束でぎっか」

「んだ、約束すっど」

春馬が言い切った。

――これで闘いが始まる。

これまで父の下で幾度となくねぶた作りを見てきた紗栄子だ。開催日が近づくにつれて、次第に高まる熱気の中に自分も身を置くことになると思うと、胸底から何かが湧き上がってくる。

――これが、ねぶた師の血なの。

それは紗栄子にも分からない。だが「この絵を具現化したい」という衝動が、突き上げるように襲ってくる。

「兄っちゃん、やろう」

「紗栄子、おめ――」

「何が何でも大賞を取るべ」

春馬が息をのむ。

「おめ、覚悟ば決めだんか」

「んだ。もう阿修羅と一緒に走り抜けるすかね」

「よし、そいでこそわいの妹だ！」

「仏壇に行こう」

二人が並んで仏壇に手を合わせる。

――父っちゃん、結果はどうなるか分からない。でも兄っちゃんに勝負をさせてあげて。

写真の父は、生前と変わらぬ不愛想な顔で二人を見下ろしていた。

六

青森県は本州の北端に位置し、北は津軽海峡、東は太平洋、西は日本海に面しているため、古くから海を渡ってくる文物が多く、一般に想像されている以上に開けた地域だった。

青森県の沿岸には黒潮や親潮が流れているため、海の幸にも事欠かない。だが雪に閉ざされている期間が長く、凶作にも見舞われやすい土地柄のため、お世辞にも住みやすい土地とは言えない。それでも縄文時代から人は住み、厳しい自然環境を乗り切ってきた。

津軽平野が背後に控える弘前とは異なり、青森は江戸時代末になって開港した新しい町だ。当初は蝦夷地から送られてくる鰊、昆布、材木などの中継基地として繁栄し、次第に各地から人が集まり、独特の文化を形成していった。

「ねぶた祭」は七夕祭りの「ねむた流し」として、江戸中期に弘前城下で最初の開催記録が見られる。その後、どのような経緯からか青森にも伝播し、大きな祭りになっていった。

いつしかねぶた祭は、七夕祭りの中の一つのイベント「ねぶた流し」という性格は薄くなり、観光資源の一つとして青森市の経済を支える大きな柱となっていった。

——それゆえ、ねぶた祭は厳粛な気持ちになることなく、狂ったように舞い踊れる。

祭りとは「生命の根源的な流露の場」だという。神を迎え、神を芸能で饗応し、神を送るというのが祭りの基本儀礼だが、ねぶた祭の場合、特定の神社に何かを奉納するといった目的があるわけではなく、ただ笛や太鼓による熱狂のみがある。

——だからこそ、人は神を畏れることなく踊り狂えるのだ。

紗栄子は、ねぶたの造形の最も根元にある「人を熱狂させるねぶた」とは何かを考えていこうとしていた。

「何ばすとる」

「えっ」

居間でぼうっとしていると、突然春馬に声を掛けられた。

「な、に、を、すていますたか。お嬢様」

春馬がふざけて標準語を使おうとしたが、やはり発音は津軽弁になってしまう。

「スケジュールば引いであっだよ」

「そでね。ぼうっとすていたべ」

「ああ、ねぶたんご考えでだ」

「ねぶたん何をさ」

紗栄子が真顔で答える。

「勝つためのねぶたさ」

「よし」と言って対面に春馬が座る。

「へば、どする」

「作戦ば、いがに立てるがだ」

「作戦だど」

「うん。ねぶた師はねぶた作りにばかり力ば入れる。ばって、ほがんごどが人任せになる」

「ああ、ねぶた師は、ねぶたんごどだけ考えだがるからな」

ねぶたの配点には、運行、囃子、跳人といったねぶたの山車に付随するものも含まれる。

運行とは指揮者の指示に従い、山車を左右前後に動かすことで、呼吸を合わせて自在に動かすことは、相当稽古を積んでいないと難しい。

囃子とは、笛、太鼓、手振り鉦を使って山車の運行を盛り上げるもので、跳人とは、花笠、たすき、おこし（裾よけ）、足袋といった装束をまとい、独特の掛け声と踊り方で練り歩く者たちのことだ。

実は、ねぶたそのものの配点は六十パーセントで、運行、囃子、跳人に四十パーセントもの配点がある。そのため、ねぶたそのものは一位でも、総合点で二位以下に甘んじることもしばしばある。

「まだ、そっだ基準なのが」

「うん。制作者賞、囃子賞、運行・跳人賞どいった部門賞ばあるで、皆でねぶたの配点を八割ぐらいにすてけろと本部さ申し入れでいるんだが、『ずっどそうすてぎだんで』の一点張りで聞がんのさ」

「兄っちゃんのねぶたば、去年は本体だけなら二位だったべ」

「うん。囃子と跳人の点が少し悪がったかんな」

設立間もない団体は、どうしても運行、囃子、跳人に手練れがそろわないので、不利は否めない。

「へば、皆を狂わせれば勝でる」

「狂わせるって、囃子方や跳人をか」

「うん。そっだもんは指導者次第さ」

その一言に、春馬が考え込む。

ねぶたには、笛や太鼓などで勇壮な音楽を奏でる囃子が必須だ。この囃子に乗って跳人と呼ばれる踊り子たちが跳ね躍り、ねぶたの熱狂が醸し出されていく。

跳人はとくに稽古は不要だが、囃子方は冬場から稽古に励む。もちろん双方共に無給だ。

「そんだめには、けっぱれる囃子方や跳人がたくさん要る」

「それは次の問題さ。まずは指導者を探さんと。去年はどしたのさ」

元々春馬は職人なので、何かを作ることには精魂を傾けられる。だが囃子や跳人については、人任せにしがちだ。

「すべて団体に投げどっだ」

団体とは「青森県ねぶた振興会」のことだ。

「振興会さんは、まだ五年もやっどらんでしょ」

「ああ、四年てどごだな」

「そいじゃ、うまくできんよ」

「ばって、仕方ねがったんだ」

紗栄子にいい考えが浮かんだ。

「じゃ、私（わたす）が理事さんに会うべ」

「会ってどうする」

「発注費の増額を頼んでみる」

「ああ、そうすてくれ」

お金の話も、春馬の得意としないところだ。

その場から去ろうとする春馬の背に向かって、紗栄子が問う。

「へば、スケジュール管理、資材の手配、資金繰りといっだ制作以外のごどは、誰がやってくれた」

「みんな理事さんに任すた。だはんで、わしは知らん」

紗栄子がため息交じりに言う。

「そいじゃ、うまぐいぐわげねえ」

「へば、お前がやれっが」

「やるすかないべ」

「すまんな」

それだけ言って立ち去ろうとした春馬が振り返った。

「そだ、紗栄子、幸三郎(こうざぶろう)も出んの知っどるが」

紗栄子の脳裏に、坂本幸三郎と付き合っていた日々が克明によみがえる。

「うん、去年出だのは知っとるけど、今年も出るんだね」

「知っどんならいい。奴も大賞狙っどる」

「確か去年は――」

「八位だっだな」

春馬が記憶を手繰るようにして言う。元々、春馬はこうしたことにあまり頓着しないので、誰が何位などということを覚えていない。

「坂本さんのねぶたは、出来がいのが」

「わしがとやかく言うごとでね」

「ここだけの話じゃっで、兄っちゃんはどう思う」

「分がらん」

引き戸に手を掛けたまま、春馬が考え込む。

「兄っちゃんでも苦戦するが」

「多分な。みんなの期待も高いさ」

「分がった。性根据えで掛がらんとね」

「ああ」

幾分か小さくなった気がする背を丸めて、春馬が居間を後にした。

紗栄子は書きかけのスケジュール表に目を落としたが、内容は頭に入ってこない。

――幸三郎さんと勝負するのか。

紗栄子の心に小さな波紋が起こった。

七

「青森県ねぶた振興会」の会長を務めるのは、三上(みかみ)板金工業の社長の三上猛(たけし)だ。

工場に隣接する事務所に通された紗栄子が、薄くて熱いお茶を喫しながら三上を待っていると、六十歳前後の小柄な男が入ってきた。

「いやー、遅れで申す訳ね」

明らかに入れ歯と分かる白い歯をせり出して笑った三上は、薄い髪にべったりとポマードが塗られ、その匂いをぷんぷんと漂わせていた。

「とんでもね。こちらこそお時間ば取っていただき、感謝すどります」

「仕事さ息子ば任せでるでね。心配は要らんのばって、いろいろ付ぎ合いが多ぐで、昨晩も遅がったんさ」

三上が盃を上げるジェスチャーをした。それがいかにも板に付いているので、相当の酒好きだと分かる。

「それは失礼すますた。手短に済まぜまずから」

「いんや、こぢらがらも話があるんで、ちょうどよがった」

「えっ、何のお話だが」

「いえ、そぢらがらどうぞ」

三上が作り笑いを浮かべて両手を前に差し出す。その仕草がいたく癇に障る。

「分がりますた。兄んごどですが、もう病気んごどばご存じですね」

「ああ、聞いでら。あまりよぐねそうで。どっだら病状なんで」

三上が気の毒そうな顔をする。病気となると、中高年の関心は異様に高まる。本来なら興味津々といった体の相手に兄の病状を語りたくはないが、三上は出資者の代表なので仕方がない。

「――どいうごどなんです」

「ははあ、そうだっだんだが。今年は魁星(かいせい)先生（春馬）も難すいな」

「いえ、あの――」

「お気になさらんで、ゆっぐり養生すて下せ。まだ一月末だで、時間ば十分にある。へば、誰にやらすがなー」

三上が顎に手を当てて考える。

「いえ、そうでねえんです。兄っちゃんは今年もやらすでいただきたいと言ってます」

「えっ、ばって動げねえだべ」

参加することに意義があるという一部の運行団体を除き、一般の運行団体は出台することが目的ではない。やはり出すからには入賞したいと思っている。入賞すれば注目が集まるので、企業の宣伝にもなるからだ。

「兄っちゃんは動げねがもすれねが、指揮ば執れます」

「へば、誰が主体どなっで作業するんだば」

「私です」

三上が息をのむ。その顔には、ありありと「女にできるのか」と書かれていた。

「そうだが。となるど――、たいへんだね」

「なすてですか」

つい反抗心が頭をもたげてくる。

「いや、その、おなごがリーダーさ立づどなるど、従わね人も出でぐるんでねがど思うてね」

「私はあぐまで現場の作業リーダーだで、総指揮者ば兄っちゃんのままです」

「でもお兄さんは、指揮執れなぐなる可能性もあるんだべ」

「はい」

「そうだよね。そうなるど台ば出せなぐなるかもすれんね」

「そん時は兄っちゃんの意ば汲んで、私が最後まで仕上げます」

ちょうど運ばれてきた薄くて熱い茶を、三上が音を立ててすする。背筋に虫唾(むしず)が走ったが、紗栄子は堪えた。

「お嬢さん、ねぶたば、そった生易(なまやさ)すいもんじゃね」

「分がってます。ばって、やらすでもらいたいんです」

「わんども、魁星さんに依頼したがらには全うすてほしい。ばって――」

三上は笑みを浮かべているが、その瞳は「察してくれ」と訴えていた。

「私が女だからですが」

「いや、そっだわけじゃねえ。でもね、これはおいの一存で決められることでねえんで、次の理事会で皆の意見ば聞いでみるしかね」

理事会を開いたところで、三上が先頭を切って「断ろう」と言い出すのは目に見えている。

「分がりました。それで最初さ話があるど仰せでしたが――」

「ああ、そうそう。忘れるどごだった」

そう言いながら、三上は手帳を出してページをめくり始めた。その時にいちいち指先をなめるので、紗栄子は視線を外した。

三上は、あるページをにらみながら渋い顔をする。

「実は、言いにくいんばって、今年やってもらうどすたら――」

それが注文金額についてだと、すぐに察しはついた。

「三百万すか出せなぐなっただよ」

「えっ、そっだごと言われても――」

紗栄子が息をのむ。

「わんども苦しいんだ。昨年がら景気悪化すてらね。そいで振興会さ加盟すていた企業三社も減り、十四社になってまっだ」

「待って下さい。私が今日ここさ来たのは、注文金額を四百万円に増額すてほすいというお願いなんです」

「えっ」

今度は三上が絶句する。

――三百万では話にならない。

紗栄子は頭痛がしてきた。

三上は再び音を立てて茶をすすると言った。

「こったごどは言いだぐねんだげどね。三百万でも受けでぐれるねぶた師は大勢いるんだよ」

三上が手札を切ってきた。むろんそれに対する反論は用意できている。

「若手なら大勢いますね。でも経費さ切り詰めた上、名もない若手じゃ上位に進出するごどもままならないのでは」

「ははあ、お嬢さんもよくご存ずだね」

ねぶたの審査には、ネームバリューが大きく左右される。名人や前年の上位者には、どうしても配点が甘くなり、無名の若手には厳しくなる。それを打破するには、何年もかけて、じわじわと順位を上げていくしかない。春馬の場合も、それで底辺から這い上がってきたのだ。

「私も項星の娘ですから、この世界のごどは、よく存ず上げてます」

「ははは、そうですた。すたばって項星さんも魁星さんも、金についての駆け引きばすませんでした」

三上の目の奥が光る。

「私は東京で揉まれてきますたから」

三上が口辺に冷笑を浮かべる。

「ああ、そうですたね」

「春馬、いや魁星なら、今年は大賞ば取れるがもすれね。でも三百万で引ぎ受げる若手の場合、また振り出すに戻るごどになります。そえで五年かげで入賞すればよいものの、伸び代がながっだ時は、その五年が無駄になります」

三上は明らかに不快な顔をしている。だがここで遠慮すれば、三百万で押し切られてしまう。

「ばって、四百万は出せねよ。こっちも制作さ掛がる以外の経費は馬鹿になんね。囃子や跳人はボランティアどはいえ飲み食いさせねばならねし、衣装代や道具代も掛がる。それらば足すと七百がら八百万になる。わんど中小企業出せる額ではね」

三上が餌に食いついてきた。紗栄子が待っていた瞬間が訪れた。

「それは分がってます。では、そぢらも任せでいただげますか」

「そぢらもって、どった意味だが」

「つまり、すべて請け負わせていただぎたいんです」

金額の母数が大きくなれば、それだけ裁量を利かせられる幅が広がる。紗栄子の狙いは、そこにあった。

「そったごど言っだって、おめ――」

ここは押しの一手だと、紗栄子の直感が教える。

「すべて任せでいただぐというごどで、七百五十万ではいかがだが」

三上があからさまに嫌な顔をする。

「金だけ出せってわげだが」

「そうです。もちろん加盟企業さんから、囃子方や跳人ば出すていただぐごどは大歓迎です」

「ばってな、そっだごど言ったって、酒や飯ば十分さ出さねがなんねよ。出さんと皆は不平不満ば言って、来年がらは参加すだがらねよ」

「そこは任せで下さい。文句ば出ないようにすます」

紗栄子が三上に視線を据える。

「仕方ね。分がった。理事会さ諮(はか)ってみる」

「ありがとうございます」

紗栄子は深く頭を下げると、薄くて熱い茶を飲み干し、そそくさと三上板金を後にした。

八

三上板金からの帰途、青森観光物産館アスパムにある叔母の三浦千恵子が働いている店に顔を出した。帰ってきたことを知らせるためだ。

青森観光物産館アスパムは昭和六十一年(一九八六)に青森港の再開発事業の一環として建設された観光施設で、主に土産物屋と飲食店から成る。青森の頭文字の「A」をかたどったピラミッドのような形をしており、今では青森市のランドマークのようになっていた。

紗栄子が夏までいることを千恵子に告げると、周りにいた人たちを巻き込んで大騒ぎとなった。昔から些細なことを大きくするのが、千恵子は得意だったので、電話にすればよかったと悔やんだが遅かった。持ち切れないぐらいのお土産をもらい、様々な話をされて、ようやく夕方に解放された。

誰もが最初は「東京はどう」なんて尋ねてくるので、真面目に答えるのだが、すぐに聞いてはいないことに気づく。誰もが他人の話を聞きたいのではなく、子や孫やら自分の話をしたいのだ。すぐに語り手は相手になり、紗栄子は相槌を打ちつつ世辞の一つも言うだけになる。

――これが故郷なのだ。

確かに東京にも嫌なところはある。嫌なことだらけだと思う。でも東京は、あれだけ人がいても孤立している感覚が強い。しかし故郷は、よく言えば持ちつ持たれつ、悪く言えば接近しすぎた人間関係がある。

アスパムを出た紗栄子は、ぶらりと海沿いまで行ってみた。この日、雪は降っていなかったが、さすがに青森の冬なので、風は冷たい。

――ああ、帰ってきたんだ。

決して東京では味わえない身を切るような寒さに、帰郷の実感が湧いてきた。

しかしあれだけ懐かしかった故郷が、随分と遠くに離れてしまった気もする。同時にあれだけ嫌だった東京が、今では懐かしく思い出される。

一人佇んでいると、アスパムの方から近づいてくる人影が見えた。

——誰だろう。

一瞬、アスパムの中から差す光が照らしたので、立派な体格の男性だと分かった。胸騒ぎがする。

もちろんそれが誰かは、すぐに分かった。

「よおっ」

幸三郎がかつてのように陽気に声を掛けてきた。

「帰ってきていると聞き、家に行ったら、アスパムに行っていると言われたんだ」

いろいろあったので、紗栄子は幸三郎に携帯番号を教えていない。

「そうなんだ」

それ以外、答えようがない。

「紗栄子と会うのは、何年ぶりだろう」

「三年半ぶりかな」

幸三郎は小学生の頃に北海道から越してきたので、きれいな標準語を使う。最近の三十代は、互いに青森県出身者でも、あえて標準語で話すことが多くなった。

「もっとだろう」

「そうかもしれない」

それで会話は途絶えた。冷たい風がコートの襟を立たせる。

「幸三郎さんは、今年もエントリーするそうね」

「ああ。でもプロでは食べていけない」

「そういえば昨年、お父さんがお亡くなりになったと聞いたわ」

紗栄子がようやく話題を見つけた。

「そうなんだ。それで床屋を継ぐことになった」

幸三郎は高校卒業後、美容師の専門学校に通い、卒業後は父親の理髪店を手伝っていた。

「それはたいへんね。でも仕事と夢を両立できていいじゃない」

「そうだな。ねぶた師としても、昨年初めて独り立ちできた」

幸三郎が少し胸を張る。

「それで八位だってね。凄いね」

「いや、まだまだだ」

幸三郎が照れ笑いを浮かべる。

「今年も出るのね」

「ああ、出るよ。聞いた話だが、紗栄子は兄さんを手伝うんだって」

「ええ、そのつもりよ」

「じゃ、ライバルだな」

幸三郎が冗談めかして言う。アスパムから漏れる光が、幸三郎の半顔を照らす。

――相変わらずのあばた面ね。

かつては平気で言えた言葉が、今は言えない。それだけ二人の間には、距離ができてしまったのだ。

「覚えているかい」

「何を――」

「夏に二人で八甲田に行っただろう」

紗栄子の脳裏に、眩しい陽光の下で輝いていた夏の八甲田の光景が広がる。

「行ったね」

「あの時のことが忘れられない」

「それは私も――」

誰もいない田代平湿原の奥で二人は結ばれた。

「でも、紗栄子は去っていった」

「そうするしかなかったのよ」

「どうしてだ」

「もう、やめて」

紗栄子が背を向ける。湾内には、煌々と灯りを点けた浚渫船らしき船影が浮かび、ディーゼルを回すような音が波音に交じって小さく聞こえてくる。

「すまなかった」

「ううん、いいの」

紗栄子が振り向くと、目の前に幸三郎の広い胸があった。

「もう一度やり直せたら――」

「やめて。何も言わないで」

その広い胸に顔を埋めると、懐かしい匂いに包まれて、紗栄子の脳裏に過去がよみがえる。

「時間が必要だね」

「ううん。時間をかけても無駄なことよ」

「どうしてだい」

その問いには答えず、紗栄子は胸から顔を離した。

「まずは、ねぶた祭でしょ」

「えっ、どういうことだい」

「ねぶた祭まで、われわれはライバルでいましょう」

幸三郎が息をのむような顔をする。

「いいだろう。じゃ、聞くが――」

その後に続く言葉を、紗栄子は予感した。

「俺が勝ったら嫁に来てくれるか」

紗栄子に言葉はない。

「冗談だよ」

坂本が豪快に笑う。

「本当に冗談――」

「えっ」と言って、坂本が真顔になる。

「冗談よ」

今度は紗栄子が笑ったので、坂本の顔にも笑みが広がった。

――でも、もしそうなったら、髪結いの女房も悪くないか。でもその時、私の夢はどうする。

紗栄子が東京に出た理由は、アニメーターになるという夢があったからだ。幸三郎の嫁になれば、その夢を捨てることになる。

「冗談でも、それを考えると楽しいね」

「ああ、そうだね」

気まずい沈黙が訪れる。しょせんかつてとは違うのだ。二人の間には、簡単には渡れないほどの大河が横たわっている気がした。

沈黙を振り払うように坂本が言う。

「じゃ、送っていくよ」

「私も車だからいいわ」

紗栄子は兄の軽自動車を借りてきていた。

「分かった。夏が終わるまで会わないようにしよう。偶然を除いてね」

「そうね。ばったり会ったら近況報告くらいはね」

「じゃあな」

そう言って手を挙げると、幸三郎は戻っていった。

振り向くと、青森湾から吹きつける風が強くなっていた。それに抗うように、紗栄子は海際に立ち続けていた。

九

二月初旬、「青森県ねぶた振興会」の三上会長から電話があり、「七百万ですべて請け負ってほしい」という申し入れがあった。発注額は希望より五十万円も減額されたが、それは紗栄子も承知の上だ。

いったん電話を切った後、春馬に確認して「任せる」と言われた紗栄子は、折り返し電話をかけて「了承」の旨を伝えた。

いよいよ春馬が開頭手術を受ける日が近づいてきた。春馬は段取りを紗栄子に任せていたので、とくに何も言わなかったが、早く制作現場に入りたい気持ちは、ひしひしと伝わってきた。

春馬のことは香澄に任せ、紗栄子は春馬の師匠にあたる成田鯨舟の許を訪れた。

鯨舟の本業は材木屋なので、家の横には材木置場がある。しかし昔来た時のように材木が林立している風はなく、残っている材木も新木のみずみずしさは失せており、その香りも漂ってこない。おそらく開店休業状態なのだろう。

鯨舟の家には呼び鈴もない。そのため「すみません」と言って玄関の引き戸を少し開けて声を掛けると、中からおかみさんが出てきた。

「あら、紗栄子ぢゃんかい」

おかみさんは「大ぎぐなっだな」などと言いながら、鯨舟のいる居間へと案内してくれた。

鯨舟は、牛乳瓶の底のような眼鏡をずらして紗栄子を迎えてくれた。

「よくぎだ。よくぎだ」

鯨舟は七十六歳。数年前にねぶた師を引退し、今は弟子たちの小屋に行き、アドバイスすることで、ねぶたとかかわっている。

通り一遍の挨拶を終え、共通の知人の消息を聞いた後、紗栄子は本題に入った。

「鯨舟先生はねぶた本体だげでなぐ、運行、囃子、跳人の点数も高がったど聞ぎますが、どのようにすていたんですが」

「ああ、そのごどが」

鯨舟が煙草を出して「いいかい」と問うたので、「構いません」と答えた。

「あの頃は、わすにも友人が多ぐいだんで、皆ば扇動するのに長げだ奴さ頼んだのさ」

「その方は――」

「もう、とっくにあの世へ行っだ」

「そうだったんですね」

紗栄子は落胆を隠しきれなかった。

「まあ、生ぎでいでも跳人ばやるような若え連中ばまとめ上げるのは難しい。若えもんは若えもんでなければ付いでごねんでな」

「そうがもすれねすね」

まとめ役は同世代か少し上でないと務まらないのは、紗栄子にも分かる。

「おめや兄っちゃのけやぐ（友人）で、皆ば一づの目標さ向がわせるのがうめ人はいねのがね」

紗栄子が記憶をまさぐる。

――そういえば、東君とか。

東昇太は高校の同級生で、文化祭や体育祭では常にリーダーシップを発揮していた。

「どうだ。いねが」と問いつつ、鯨舟がさもうまそうに煙草を吸う。

「心当だりがねごどもねです」

「そうが。それはよがった。で、わすも暇なんだが――」

「えっ、では、制作面で手助げいただげるんですか」

鯨舟が笑みを浮かべてため息をつく。

「今日は、その依頼だど思ってでだんだが――」

「申す訳ありません。ご迷惑になるがど思い――」

「ねぶた師どいうのは、二月頃がら血さ騒いでくる。それば抑えるには、小屋さ通うすかねえ。でもな――」

鯨舟が遠慮がちに問う。

「お邪魔でねがな」

「とんでもね。とても助がります」

「そいづはよがった」

鯨舟には鯨舟なりの遠慮があり、自分からは「手伝いたい」とは言えなかったのだ。

「すっぱり引退すて、世捨で人のようになって分がったんだが――」

鯨舟がしみじみと続ける。

「年寄ってのは嫌なもんだ。どご行っでも邪魔者扱いされだような感じになる」

「それは気のせいだ」

行き過ぎた忖度は、互いに擦れ違いを生んでしまう。

「つい去年も、わすが譲った台ば引ぎ継いだ弟子んどご顔出して、いろいろアドバイスばしたんだが、嫌な顔ばされだ」

「それは本当ですが」

「ああ、その場は『はい、はい』ど言いながらも、『余計なごど言うな』って顔さ書いであった。そいでアドバイスは何も反映されねがった。それから、そいづんとごには行ってね」

「うぢは大歓迎です」

「それは春馬もかい」

紗栄子が申し訳なさそうに言う。

「分がらねす。でも兄っちゃんは、きっと助がると思います」

「だどいいけどな。行ってみで、様子ば見で、居心地悪がっだら手え引ぐどするさ」

「申す訳ね」

今の紗栄子には、そう答えるしかなかった。

東昇太の自宅に電話をかけてみたが、とっくに家を出て自立しているという。母親から携帯電話の番号を聞いたが、すでにつながらなくなっていた。

あきらめかけた時、昇太に妹がいることを思い出した。その同学年の友人が近所にいたので、その友人を通して妹に居場所を聞いてもらった。しかし昇太は基礎工事の型枠職人になり、現場を転々としていて連絡が取れないという。

それでも今は青森競輪場の補強工事に行っていると聞いたので、翌日、紗栄子はアポなしで行ってみることにした。

三内丸山遺跡の近くにある青森競輪場は、四月から十月末までしかレースが興行されないので閑散としていた。

昼になるのを見計らい、何かの施設を造っている現場に行くと、昇太が若者たちに指示を飛ばしていた。

「東君」と声を掛けると、昇太が唖然（あぜん）とした顔で振り向く。

周りの冷やかしに照れながら、昇太が近づいてきた。

「こったどごろにどうすたんだ」

「話があってぎだの」

「話――」

「とにかぐあっちに行ぐべ」

周囲の目が気になるので、昇太を促し、競輪場内の食堂のようなところに入った。

そこで「今日は私のおごりよ」と言うと、ようやく昇太の顔に笑みが広がり、「ごち」と言って舌を出した。

「そえで話って何だい。仲人だったらほがば当だれよ。わいは独身だはんで」

「そんな話でねよ」

「どうやら真面目な話らすぃな」

ちょうど食事が運ばれてきたので、昇太はラーメンとチャーハン、紗栄子は鯖煮定食を食べながら話をした。

「実はね――」

春馬のことを話すと、昇太の顔がみるみる青ざめていった。

「それは本当が。春馬さんには、わいも随分と世話になっだ」

「喧嘩(けんか)の助っ人で」

「まあ、そったどごだ。厳密には仲裁さ立ってもらったことが二度あっだな」

紗栄子がため息をつく。中学までの春馬は暴れ者で喧嘩も強かった。

「実は春馬が、今年のねぶだ祭さ台ば出すというのよ」

食べ終わって一服したところで、紗栄子が切り出した。

「体の方は大丈夫なのがい」

「ええ、制作は春馬の指示さ従って私がやる。ばって、運行、囃子方、跳人のまとめ役がいなぐで困ってる」

「去年と同ずように、振興会に人ば出すてもらえばいいさ」

「それがね、去年は業務命令でいやいや出だ人もいだらすくて、散々な出来だったの。そえでポイントさ随分損すたわ」

「そうだな。ねぶたの採点は本体だげでねがらな」

ねぶた祭の採点法は、青森市民なら誰でも知っている。

「そうなのよ。そいで東君に皆をまとめでほすいのよ」

「えっ、わいがリーダーばやれっていうのが」

「うん。土日だげでいっがら。お願い」

紗栄子が手を合わせる。

「ばって、わいは跳人ばやっだごとはあっけど、リーダーばやっだごどはね」

「分がっている。ばって、あんたならでぎるど思って」

「昔のごどば覚えでいたんだな」

「そうよ。体育祭の応援団長ばやって盛り上げだべな。文化祭ではリングば作ってプロレスの実況中継ばやっだわ」

「そうだった。わんどの組が優勝すたんだったたな」

「そうよ。あんたなら皆ば巻ぎ込んで一づにできる」

「でもな、あれがら何年も経ってる。今のわいは、すがねえ労働者さ」

「何を言ってるの。立派さ働いでるじゃない」

昇太が自嘲的な笑みを浮かべる。

「あの頃は夢も希望もあっださ。わいも未知の未来さ胸ば膨らませでいた。だけど何をすたいというものもながっだんで、食っでいぐだめに、この道さ足ば踏み入れだ。だが、そえで終わりだ。わいの人生は、せいぜい土建屋の親方だ」

「何ば言っちゅうの。それだって立派なごどよ」

「自分の夢ば追い掛げで、一人で東京さ出でいったおめとは違う。わいにはそったな度胸はね。ここで慣れ親しんだ仲間と一緒に過ごすたがったんだ。でもな――」

昇太が過去を懐かしむような顔をする。

「高校ば出だでの頃はよがった。皆で金土日と会って仕事の憂さば晴らせださ。でも一人抜げ二人抜げ、さすがのわいも、皆ばまどめで遊び歩くのもつまらねぐなり、そいで終わりさ」

　地方都市でよくあることだが、高校の延長上の人間関係をしばらくは続けられても、数年経つと、それぞれの事情で距離ができてくる。おそらく「このままじゃいけない」と思う者から順に、高校時代の人間関係を脱していくのだろう。そして最後には一人もいなくなる。いかにリーダーシップのある昇太でも、それを防ぐことはできなかったのだ。

「こったごどなら、何も考えずに東京さ出ぢまえばよがった」

「ううん、同ずごどよ。私を見で」

「何言う。おめは東京で独り立ぢしたでねが」

「それは違う。私は夢だったアニメ関係の仕事さ就げず、仕方なぐ派遣で働ぎ、無駄な時間ば過ごすただげさ」

「そうだったのが」

　昇太が考え込む。

「私たちは燃え殻がもすれね。ばって、もう一度、火ば点げでみね」

「火ば点げるだと」

「そうよ。まだ燃えがすが残ってるがもすれんよ」

「なるほどな。燃えがすはよがったな」

昇太が自嘲的な笑みを浮かべる。

「負け犬どうしで、まだ燃えられるがどうが試すてみよう」

「そうだな。それも悪ぐはねな」

かつてのように昇太の瞳が輝く。

「やってみるが」

「やるべ」

二人は立ち上がると、どちらともなく手を差し出した。

「よす、やるなら本気だ」

「分がってるわ。皆ば狂わすて」

「ああ、存分さ狂わすでやるさ！」

二人は固い握手を交わした。

十

病院に駆けつけると、集中治療室の前で香澄が待っていた。

「終わっだの」

「うん。さっき終わっで、こごさ運び込まれできだ。でも今は面会謝絶」

香澄がハンカチで口元を押さえる。

「今回は生検術だから命さ別状はね。だから心配すないで」

それでも香澄は息を荒らげている。

――過呼吸になりかねない。

「香澄さん、大きく息吸って、そいで吐くのよ」

香澄もそれに気づいたのか、言った通りにしている。

そこに看護師さんがやってきて、担当の先生から話があると伝えてきた。

二人が担当医の部屋に入ると、壁に掛けられたイルミネーターにレントゲン写真がはめられていた。それだけで胸の動悸が速まる。

胸に神崎（かんざき）と書かれたネームプレートを付けた四十前後の医師は、「どうぞ」と言って二人を椅子に座らせた。

「先生、どうなんですが」という香澄の問いを無視して、神崎が語り始めた。

「通常は病理検査と摘出を同時に行うのですが、工藤春馬さんの場合、腫瘍が深い位置にあるので、病理検査をしてから摘出することにしました。ですので三週間後の摘出手術までは絶対安静です」

震える香澄に代わって、紗栄子が標準語で問う。

「ということは、自宅療養はできないということですね」

「はい。入院していただきます」

どうやら春馬が聞いてきた話とは違うようだ。

神崎が続ける。

「こちらが先週撮影したＭＲＩですが、この時点でも、悪性の可能性は高いと申し上げましたが――」

「そ、そんな」

「聞いていなかったのですか」

紗栄子がうなずいたが、春馬と一緒に話を聞いていたはずの香澄は俯いたまま何も言わない。

「この左のレントゲン写真は別の方のもので、髄膜腫と呼ばれる良性のものです。右側のものが春馬さんの脳の写真になりますが――」

左右の写真は、素人が見ても明らかに違う。

「成人神経膠腫と呼ばれるものです」

「ということは――」

「残念ながら、転移の可能性がある悪性のものです」

なかば覚悟はしていたが、どん底に落とされたような絶望が広がる。

「今回は組織の一部を採取して簡単な検査を行いました。もちろん精査をしてからでないと結論は出せませんが、今のところは――」

神崎の顔が緊張する。

「春馬さんの腫瘍は悪性でした」

「ああ」

いつの間にか紗栄子と手を握り合っていた香澄が泣き崩れる。

――しっかりしなきゃ。

自分だけでも冷静さを失うわけにはいかない。

――兄っちゃんがいなくなる。

背後から喪失の恐怖がのしかかってくる。

突然、紗栄子の脳裏に、初めて作った子供ねぶたをリヤカーに載せて、町内を練り歩いた時の兄の得意げな顔が浮かんだ。

春馬はリヤカーを引き、紗栄子はそれを押した。春馬は「わしのねぶただ！」と喚きながら歩いたので、町内中の人々が家から出てきて口々に褒め上げた。

額から汗を滴らせた春馬は、得意げに「わしが作った。紗栄子も手伝った」と言っては白い歯を見せた。紗栄子の名も出してくれたことが、その時は喩えようもなくうれしかった。

「工藤さん、春馬さんの正式な病名は退形成性星細胞腫となります。部位は右前頭葉で、運動野に近い部分です。腫瘍径は六センチメートルほどになります」

「ああ、はい」

「今回は、局所麻酔で定位的腫瘍生検を行いました。それで退形成性星細胞腫かどうかを確定させました。定位的腫瘍生検とは、四角い枠に四つのピンがついた固定器を頭部に装着し、ＣＴやＭＲで撮影します。四角い枠を座標として摘出部位を計算し、腫瘍側すなわち右前頭部に小さな孔（バーホール）を開けて、枠に付けた針を脳に侵入させて生検します。つまりそれで腫瘍組織を採取しようというわけです。本手術は言語機能や手足の運動機能に害が残らないように覚醒下手術を行います。つまり全身麻酔をかけません。よろしいですね」

「もちろんです」

手足に麻痺が残ったり、言葉がしゃべれなくなったりするのだけは避けたい。だがそれ以上に、命の危険があるのかどうかを知りたい。

「命に別状はありませんか」

「それは分かりません。脳というのは複雑なもので何とも言えないのです」

「分かりました。では、手術がうまくいったら、腫瘍は取り除けるのですね」

「いや、脳の健全な部位を傷つけたくないので、取り残しが出てきます」

「きれいには取れないのですか」

「開けてみないと分かりません。しかし取り残しといってもわずかなので、それは術後に放射線や抗癌剤で対処できると思います」

「術後は、命に別状はないのですか」

「リスクはゼロではありません。後遺症についても保証の限りではありません」

医者としては、そう答えるしかないのだろう。

「転移することはあるんですか」

「それも分かりませんが、今は見えている腫瘍を取り除くことを考えるべきです」

「分かりました」

「それで告知ですが、いかがいたしますか」

「えっ」

紗栄子は、そのことを全く考えていなかった。

「香澄さん、どうする」

香澄は泣きながら必死に首を左右に振る。

「先生は、どちらの方がよいとお考えですか」

「もちろん告知した方が、病状をご本人に伝えながら術後の治療にもあたれるので、いいと思います」

紗栄子は迷ったが、医者がそう言うなら、よりよい方を選ぶべきだと思った。

「香澄さん、兄っちゃんに伝えよう」

香澄が顔をくしゃくしゃにしながら、ようやく口を開いた。

「あの人は紗栄子さんが思ってるほど強ぐね。伝えないで」

「うんにゃ、兄っちゃんは強い。それは、誰よりも私が知ってる」

春馬は初めて作ったねぶたが誇らしく、家の前に飾っていた。しかし祭りが近づいたある朝、起きてみると残骸と化していた。春馬に嫉妬した上級生の誰かが壊したに違いない。

普通なら怒り狂って犯人を捜そうとするところを、春馬は黙って残骸をかき集めた。それを見た紗栄子も泣きながらそれに倣(なら)った。

その後、春馬は大人ねぶたの制作現場に行き、余った材料をもらうなどして、もう一度、自分のねぶたを作り上げた。祭り当日、春馬の作った子供ねぶたは、誇らしげに青森の町を走り回った。

「兄っちゃんは大丈夫。私さ任せて」

「うん、分がった」

ようやく香澄も了解してくれた。

神崎医師がうなずく。

「では、告知はお任せします」

紗栄子が強くうなずいた。

春馬は、包帯で頭をぐるぐる巻きにして病室に横たわっていた。

「誰だ」

「私よ」

寝ているかもしれないので、声を掛けずに病室に入ったところ、その気配を感じた春馬から声が掛かった。

「香澄はどうすでる」

「待合室にいる」

「ねぶたはどうすた」

「今はそのごどば忘れで」

ようやく春馬も、紗栄子が一人で来た理由を察したようだ。

「先生さ何言うどっだ」

その問いには答えず、紗栄子が「水を飲むが」と尋ねたが、春馬は首を左右に振った。

「本当のごどば教えでぐれ」

「分がったわ」

紗栄子が大きく息を吸うと言った。

「悪性だった」

春馬が小さなため息をついた。だが紗栄子の予想通り、さほどの動揺は見られない。おそらく予期していたのだろう。

――言ってよかった。

紗栄子はほっとした。

「悪性だど思った。良性だっだら、先生もすぐにそれば告げでぐれる」

「うん。でも悪性でも切除すれば、命の危険はね」

「転移しなければだ」

その通りなので、紗栄子に言葉はない。

「今年さ、最後のねぶたになるがもすれんな」

「何ば言うの。病魔なんか、ねぶたが追い払ってぐれるわ」

春馬の顔に笑みが広がる。

「そうだどいんだげどな。で、ねぶたの方はどうだった」

紗栄子は振興会の件、鯨舟の件、昇太の件などを手短に話した。

「そうが。着々ど進んでらな」

「うん。心配すでね」

「やはり幸三郎は出るのが」

「出るってさ」

「そうが」

ねぶたウォッチャーの間でも、幸三郎の評価はうなぎのぼりだった。そうした噂は審査員の耳にも入っているはずで、よほど下手なものを作らない限り、上位進出は間違いない。

「兄っちゃん、大賞ば狙うとすたら手堅い出来ではだめだ」

「そったごどは分がってら。伝統はただ伝えていげばよいわげでね。伝統ば踏まえつつ、いがに新すさば出すていくかが鍵だ」

「それが分がってるのに、構図は今のままでいのだが」

「ああ、構図の変更さ考えどる」

「ばって、そろそろ構図ば固めねど、何も進められね」

「もう少す待ってくれ」

そう言われてしまうと、紗栄子に返す言葉はない。

紗栄子が病室を出ていこうとすると、その背に声が掛かった。

「分がったわ」

「おめは、すべてをぎりぎりまで進めでおいでぐれ」

「紗栄子、父っちゃんの言葉ば覚えでるか」

「どの言葉よ」

「『ねぶたは形ば作るんでね。心ば作るんだ』という言葉さ」

「ああ、覚えでら」

父の幹久は言葉少ない男だった。だがその口から言葉が発せられた時、そのすべてが輝いていた。

「こうすて病室で動げねぐなったごどで、あの言葉の意味がようやぐ分がった。すぐに制作さ入ろうとすっがら魂が入らねんだ。心ば落ぢ着げで精神ば統一する。そうすれば自分のねぶたが見えでぐる」

「兄っちゃん——」

　人として、ねぶた師として、春馬は力強く成長していた。

「こうなってすまっだがらごそ、魂の籠もったねぶたば作れる気がすんだ」

「そうだよ、兄っちゃんの魂籠もったねぶたなら、皆は夜通し舞い踊る」

「ああ。おいの心ば皆さ見せでやる」

「うん」

　蒲団の上に出された春馬の手が紗栄子の手を探す。それに気づいた紗栄子は、春馬の手を強く握った。

「兄っちゃん、あの子供ねぶたば作った時のように、まだ二人でやるべよ」

「うん、やるべ」

　病室の窓から見える外はすでに漆黒の闇に包まれ、冷たい雪が降り始めていた。だが紗栄子の耳には、笛や太鼓の音と共に「ラッセラー、ラッセラー、ラッセ、ラッセ、ラッセラー」という若者たちの掛け声が聞こえていた。

十一

病室で紗栄子が工程表を見ていると、春馬から声が掛かった。

「香澄――」

「あっ、兄っちゃん、目が覚めたか」

「ああ、紗栄子か。香澄かど思っだ」

春馬は頭から鼻にかけて包帯がぐるぐる巻きにされているので、周囲の様子は分からない。人の気配がしたので香澄だと思ったのだろう。

「今日は桃の節句で、香澄さんは家で杏ちゃんと過ごすとるよ」

「もう三月三日か。どんくらい意識ば失ってだ」

春馬がむせる。鼻から管を通されているからだ。

「手術は三月一日だから、二日半ほど」

「そうか。ねぶたはどうすた」

「それよりも、お医者さん呼ぶよ」

紗栄子がナースコールを押すと、神崎医師が看護師を従えてやってきた。

「意識が戻りましたか」

春馬がわずかにうなずいたので、神崎はゆっくりと春馬に語り掛けた。

「手術は成功です。腫瘍の大部分は切除できましたが、ここからのケアが大切です」

神崎は術後の治療方針などを語ったが、春馬はうなずくだけだ。

「いずれにせよ、意識が回復してよかったです。中には回復しない方もいますから」

紗栄子が驚いて問う。

「そうなんですか」

「はい。脳というのは、現代医学でも、未知の分野です。万全を期しても思惑(おもわく)通りにならないことがあります。しかし工藤さんは意識が回復しました。今後、体調が急変しないとは言い切れませんが、ここまでは成功です。おめでとうございます」

神崎はそう言うと、看護師を従えて去っていった。

「兄っちゃん、聞いた通りだ。うまぐいってえがったな」

だが春馬は何も答えない。

「どすたの。何ば考えでら」

「ねぶたんごどさ」

「今日は考えねでおぎな」

「いや、今の先生の話だと、今年のねぶたで、おいはなんもできね」

「なんば言うの。兄っちゃんが指示さ出せば、わたすが手足のように動ぐ」

春馬が首を左右に振る。

「そったら、おいのねぶたでなぐなる」

「いや、兄っちゃんのねぶただ」

春馬が沈黙する。鼻から下しか見えないが、その顔には不安と落胆が溢れていた。

「紗栄子、おめの名で出せ」

「馬鹿なごと言わねで。そいだば、誰も金ば出さね」

春馬の顔に苦渋の色が浮かぶ。

「兄っちゃん、今はなんも考えねで。すっかりよぐなってからがんばるべ」

春馬がかすかにうなずいた気がした。

病室を出てから、香澄に電話しようとした紗栄子だったが、家で唯一の車は紗栄子が乗ってきている。バスを使って病院に来ることはできるが、そうなれば杏にとって、寂しい雛祭りになる。そのため香澄には、家に着いてから伝えることにした。

病室を出ると、看護師の一人から呼び止められた。

「工藤さん、先生がお会いしたいとおっしゃっています」

「えっ、何でしょう」

「それは先生にお聞き下さい」

神崎医師の部屋に通されると、しばらくして神崎がやってきた。

「少しよろしいですか」

「もちろんです」

看護師が春馬のものらしき頭部レントゲン写真をいくつか掛けると、イルミネーターを点灯させた。

「えーと」と言いながら、神崎はカルテをめくっている。話しにくいことに違いない。

胸の鼓動が速まる。

「正直申し上げて、いい話ではありません」

その言葉で、奈落の底に突き落とされたような気になった。

「どのようなことでもお話し下さい」

「今回の手術で、うまくすると腫瘍をすべて取り去れるかもしれないと思っていたのですが、やはり難しく、少し残してしまいました。それがこの部分です」

神崎が脳の奥まった部分を示す。ちょうど目の後ろのあたりだ。以前に比べれば小さくなったものの、まだ黒々とした部分が残っているのが分かる。

「どうして切除しなかったのかと言うと、視神経に近い部位だからです」

「視神経ですか」

「はい。無理に剝がそうとすれば、視神経を傷つけてしまう恐れがあります」

「ということは――」

神崎が慎重に言葉を選んでいった。

「失明のリスクですね」

「でも、取らなかったということは、その部分は別の治療法で取り去るということですね」

「そうです。ただし放射線治療などを行えば、ある程度の効果は見込めますが、それがうまく効かないと、手の施しようがありません」

その言葉に、紗栄子は慄然とした。

「では、兄の病気はまだ続くんですか」

「はい。これからが本番です」

悪性の脳腫瘍というのは一回の手術で終わるものではないのだ。

「ということは、兄の退院はいつ頃になるんですか」

「当面は難しいでしょうね」

「当面というのは、いつくらいまでですか」

「短く見積もっても七月か八月まで掛かります。しかも放射線治療にしても抗癌剤の投与にしても、患者さんにとってかなりきついものになりますので、仕事を続けることはできません」

――つまり兄っちゃんは、ねぶたにほとんどかかわれない。

暗澹たる思いが胸底からせり上がってくる。

「まだはっきりしたことは分かりませんが、今後、ご本人やご家族と一緒に治療方針を固めていきます」

絶望が波のように押し寄せてくる。

最後に神崎が付け加えた。

「このことは、まだ奥様にはお話にならない方がよいかもしれません」

「はい。私だけにとどめておきます」

紗栄子には、そう答えるのがせいいっぱいだった。

十二

成田鯨舟が黒縁の老眼鏡を手で支えつつ、春馬の下絵をじっくりと見入っている。奥さんが「お茶をどうぞ」と言いながら、茶と菓子を載せた盆を運んできても微動だにしない。

紗栄子は小声で奥さんに「申し訳ありません」と礼を言うと、鯨舟の前に茶碗と菓子を置いた。

重い沈黙が垂れ込める中、ため息と共に鯨舟が眼鏡を外した。

「いい構図だ。この構想のまんま作ればいいもんになる」

紗栄子は胸を撫で下ろした。

「おそらく――」

鯨舟が「ばんりゅう焼き」の茶碗を手に取り、音を立ててすすると言った。

「十年前なら大賞ば取れだな」

「十年前――」

「そうだ。今こいで大賞ば狙うのは難すい」

「なすてだ」

「テーマはいい。構図もいい。色合いもいい。だが何(なん)が足りね」

「それは何だが」

鯨舟が渋い顔で言う。

「それば考えるのが、春馬の仕事だ」

「例えば、何を出すていけばいいんだが」

鯨舟が首を左右に振る。

「それが分がれば苦労はすね」

「でも――」

鯨舟が意外なことを言い出した。

「ねぶたは本来、下絵は描がながった」

昔はねぶたは本来、下絵は描かれなかった。つまり、ねぶた師の頭の中にあるものを具現化していったのだ。むろん弟子や手伝いの人たちに説明はしただろう。

だが、それぞれの頭の中に描かれるものが違うので、誤解や手戻りが頻繁に発生した。

そのため昭和四十年代に入ると、簡単なスケッチが描かれるようになり、さらに昭和も末頃になると、大金を投じるねぶた発注者への説明用に、彩色が施され、寸法等が入った精密な下絵が描かれるようになる。ただし厳密な縮尺に基づく設計図ではないので、いまだ錯誤が発生していた。

鯨舟が続ける。

「だはんで、ねぶたはでぎ上ってみねど分がね」

「そいだば、手直すはできねんだば」

「んだ。作っちまっだら、そいですまいだ。ただす――」

鯨舟が煙草を取り出すと、火を点けた。喫煙は今の東京ではめったに見られない光景だが、ここでは日常的なのだろう。

「細げえごとだったら、直せるけどな。大本は直せね」

「そいだば、下絵ん時に『何か』ば見づけねばなんね」

「ああ、ばってそれができたら毎年、大賞ば取れる」

鯨舟の吐く紫煙にむせそうになるのを堪えつつ、紗栄子が問う。

「欠けでいるのは迫力だばね」

「分がらん。ばって、そうやって考えていけば何かが見えでくる」

「鯨舟さんは、本当に分がらないんが」

鯨舟が視線を据える。

「分がらんよ。でも皆が驚ぐものになんねど、大賞は取れね」

そう言うと、鯨舟は二本目の煙草に火を点けた。

鯨舟の家を出てから軽自動車を走らせ、市立図書館に行ってみた。紗栄子は阿修羅について知っていることはわずかなので、それを詳しく知ることで、鯨舟の言っている「何か」に気づくかもしれないと思ったのだ。

何冊かの本にはこう書かれていた。

元を正せば阿修羅は争い好きの鬼神で、お釈迦様の法話の邪魔をしようと近づいたのだが、その話を聞くうちに心酔して弟子になった。

春馬がモデルにした三十三間堂や無量寿寺の阿修羅は、その本来の姿を描いたもので、有名な興福寺の阿修羅は、無心でお釈迦様の話を聞いているうちに現れた心の姿だという。すなわち興福寺の阿修羅像は、戦う時に使う筋肉をすべて削ぎ落した心の姿なのだ。

――つまり『修羅降臨』の場面は、本来の姿を取り戻した阿修羅なのか。

その造形にも「三面六臂（ろっぴ）」という定まった形式がある。すなわち上半身は裸形（らぎょう）で顔は三面で、腕は六本になる。その腕だが、正面像の腕は胸の前で合掌、上に掲げた左手には日輪を、上に掲げた右手には月輪を、中ほどの右手には矢を、中ほどの左手には弓を持っていたとされる。

全体に朱色で彩られ、正面の顔のみ三眼で下牙を剝き出す鬼面、左右の顔も憤怒相に描くことになっている。

紗栄子は造形に興味があるので、伝説や由来はざっと目を通しただけだが、仏の世界での阿修羅の位置付けは、おおよそ分かった。

――阿修羅は本来、怒れる神であらねばならない。

だがそれは春馬の解釈を確認したにすぎず、鯨舟が言っていた「何かが足りない」の「何か」に行き着いたわけではない。

図書館を出てスマホを確かめると、着信記録があった。それを見ると三上会長だと分かった。個人的にはコールバックしたくない相手だが、大事な出資者を無視するわけにはいかない。

致し方なく紗栄子が電話を掛けると、甲高い声が聞こえた。

「ああ、工藤さん、時間ば取れますか」

「はい。いつでしょうか」

「今ちょうど、理事が二人来どるんですよ。へば、御用がなければ――」

「分かりました。三十分ほどで行きます」

「ああ、そうだが。よろすく頼みます」

次の瞬間、電話は一方的に切られた。

――人を何だと思っているのか。

だが出資者の機嫌を損ねるわけにはいかない。紗栄子は三上板金へと向かった。

十三

三上板金の会長室に通されると、三上会長を中心に二人の男性が座っていた。

一人は五十代半ばのでっぷりした体軀の持ち主で、出された名刺には「酒類・飲類問屋　酒のムツヤ　代表取締役　桂木伸介」と書かれていた。

もう一人は、四十代とおぼしき中肉中背の人物で、名刺には「くいものやチェーン海彦山彦　専務取締役　二階堂昭」と書かれていた。

紗栄子は名刺を持っていないので、名乗ってから勧められるままソファーに座った。

「いやいや、ご多忙のところ申し訳ない。あっ、二階堂さんは東京の方なので、標準語で話をしますよ」

「申し訳ありません」と二階堂が頭を下げる。

「もちろんです」

その方が、紗栄子にとってもやりやすい。

「さて――」と言いつつ、三上が煙草を手に取る。

――やはり話しにくいことなのだ。

何かを話す前に別の動作をすることは、あまりいい話ではないことを示唆している。

「先日、お電話で申し上げたことですが、理事会では『いいんじゃないか』となったんですが、それぞれが社に持ち帰ったところ、いろいろ突き上げを食らいましてね」

標準語だと、三上は津軽弁よりも切れが悪くなる。

「あの――、ねぶたの制作だけでなく、運行、囃子、跳人まで包括で請け負うということでしょうか」

こうした場合、何のことだか確かめておかないと、後で話が食い違うことがある。東京では当たり前のことなのだが、こちらでは、それで誤解が生じることがある。

「そうそう。そのことなんです。それで――」

三上が左右に視線を走らせる。言いにくいので代わってほしいというサインらしい。致し方ないといった様子で、桂木が口を開く。

「工藤さんのお考えはよく分かります。おそらく制作以外の経費を切り詰めようというのでしょう」

「はい。そのつもりですが」

「でもね、ねぶたというのは運行、囃子、跳人が大事なんです。配点の割合は知っているでしょう。彼らが気分よく働かないと、点数は出ないんですよ」

——そんなことは分かっている。しかし時代は変わったのだ。

確かに昭和や平成なら、振る舞い酒によって参加者のモチベーションを高めることもできただろう。だが今の若者たちは、仲間と一緒に盛り上がれれば、それでよいという者が多い。

二階堂が話を代わる。

「ねぶた参加者には、節目節目で酒食を振る舞うのが慣例になっています。そうした節目を意識させないと、本番で力以上のものが出せないと聞いています」

ねぶたは、ねぶた師が一人で黙々と作り上げるものではなく、多くの人が絡んでくる。そのため意思統一の意味で、節目節目で酒宴を開くのが慣例となっていた。柱建て（作り始め）で一献、魂入れ（彩色後）に一献、手離れ（完成祝い）に一献といった調子だ。しかも毎日の作業終了後も「軽く一杯」というのが習慣になっているため、酒食に莫大な費用が掛かってくる。

三上が話を引き取る。

「実は、これまで酒食についてはお二方に頼ってきました。制作を手伝ってもらう方々の弁当、囃子や跳人の稽古の際の差し入れはムツヤさんが、彼らの決起大会や打ち上げといった節目のイベントは、海彦山彦さんに便宜を図ってもらっていてね。すごく安く提供してもらっていたんです」

――ああ、そういうことか。

「青森県ねぶた振興会」は利権構造でできていた。おそらく飲食系の二社はそれで潤い、理事たちへは接待で報いていたに違いない。そうした利権構造にメリットを感じない企業が脱会したのだ。

「で、どうしろとおっしゃるのですか」

それまで俯き加減でじっと話に耳を傾けていた紗栄子が発した言葉は、三人を驚かせるのに十分だった。

三上が金歯をあらわにして言う。

「まあ、そこは分かってもらえますな」

「これまで通りにしろと仰せですか」

「まあ、そういうことです」

「できません」

三人が「えっ」という顔をする。

「包括的に請け負った金額が七百万円では、跳人たちの酒食までは、とても賄いきれません」

桂木がうんざりした顔で問う。

「でも、それでは誰も付いてきませんよ」

「そうでしょうか」

二階堂が仲裁に入る。

「われわれも協力したいんです。ただし、われわれにも立場があります。手伝いの方々に対する待遇が悪くなると、われわれのところにクレームが来るんですよ。囃子や跳人の中には、『今年はどこのねぶたを手伝おうか』などというフリーの方々がいます。彼らは何をやらせてもうまいんです。そうした連中は、待遇が悪い団体からは、潮が引くようにいなくなります」

二階堂の言うことは尤もだった。「振る舞い」が楽しみでねぶた祭に参加する者たちもいる。

——だが、ここは引けない。

「それでも何とかやっていくつもりです」

「うーん」と言って、三人が沈黙する。気まずい雰囲気に居たたまれないのか、三上がしきりに煙草を吸う。それが煙たくて仕方がない。だがここは三上の会社なので、文句は言えない。

「これは、あまり言いたくなかったんですがね」

三上が金歯をせり出すようにして言う。

「場合によっては、魁星先生と同格のねぶた師の方から、もう一台やってもいいと言われているんですよ。もちろん三百万円でね」

ねぶた師は一回のねぶた祭で、複数台のねぶたを受け持つことがある。名人クラスでは三台、中には四台担当した者もいた。というのも一台では、どうしても手堅いものになってしまう。そのため冒険するために複数台必要になってくるのだ。しかも複数台請け負った方が、一台当たりの原価を抑えられる。

「待って下さい。それでは話が違います」

「話って何ですか。契約書でもあるんですか」

紗栄子の抗議に桂木が色を成す。温厚そうに見える桂木だが意外に短気なようだ。

――それを言われたらおしまいだ。

ここまで、すべては口頭でやってきた。むろん作業の始まる前に約定書を取り交わすのだが、まだ取り交わしていない。

三上が猫なで声で言う。

「まあ、誰も角を立てたくはないんですよ。すべては丸く収めたい。そのためには、ねえ、分かるでしょ」

――このままでは丸め込まれる。

紗栄子は男たち三人に囲まれても弾き返せる自信があったが、経験不足からか、うまく立ち回れていない。

「聞いた話ですけど」と前置きし、桂木が余裕の顔つきで言う。

「お兄様の手術が成功したのは幸いでしたが、ここからがたいへんなようですね。今は養生することを最優先にすべきではありませんか」

「その点については、すでに三上会長に説明した通り、私が魁星の手足となって現場を取り仕切るので、問題はありません」

三人の顔には「女になにができる」と書かれている。

「でもね、魁星先生はどれだけ関与できるんですか。術後も当分、病院を出られないというじゃありませんか」

——なぜ、そのことを知っている。

このことは紗栄子だけが知っていることで、香澄にさえ話していない。

「どうして、そのことを——」

「狭い世界ですからね」

——そういうことか。

看護師も地元出身者が大半なのだ。

——東京とはすべてが違う。

故郷では、個人情報を含めたすべてが明らかになってしまう。

三上がまとめるように言う。

「そういう次第なので、もう一度検討させて下さい」

「ちょっと待って下さい。ねぶた大賞を取ることは兄の夢なんです。それを取り上げないで下さい」

紗栄子には、哀願するしか手がなくなっていた。

三上が左右におもねるように言う。

「でもね、仕事ができないんじゃ、金も出せませんよ。もしも間に合わなかったり、出来が悪いねぶたを作られたりしたら、われわれの立場がなくなります。だいたい囃子や跳人が集まりませんよ。それだけで大賞は難しいんじゃないでしょうか」

「では、どうすればいいんですか」

二階堂がにこやかな顔で言う。

「包括で請け負うのをやめて、三百万で制作だけやって下さい」

「それが理事さんたちの決定ですか」

三上がうなずく。

「こうしたもんはね。これまでの習慣というものがありますからね」

——ここが勝負所だ。

紗栄子の直感がそれを教える。

「お断りします」

「ということは、この仕事自体を受けないということですか」

「いいえ、制作だけで三百万という条件をお断りします」

「ということは、包括で七百万の線を譲らないと——」

「はい」

「弱ったな」と言いつつ、三上が苦笑いを浮かべる。

——こちらにあるカードは、今から請け負えるねぶた師は二流以下ということだけ。最初に三上が言った「魁星先生と同格のねぶた師」の件がブラフでないなら、紗栄子の負けとなる。

二階堂が提案する。

「工藤さんには、少しだけ別室で待っていただき、われわれ三人でどうするか決めませんか」

「ああ、そうですね」

いかにも名案と言わんばかりに、三上が膝を叩く。

それで紗栄子は小さな会議室に通され、また熱くて薄い茶が出された。

——問題は山積している。

事務作業だけならまだしも、こうした交渉事までやらされるとは思ってもみなかった。しかも相手は交渉慣れした企業経営者ばかりなのだ。

——今頃、結衣はどうしているだろう。

東京のことが妙に懐かしい。

——結衣は、まだコミュニティ活動をしているのだろうか。

都会人は自分の安心できる居場所を求めてコミュニティに入る。平成の頃までは、所属する会社がプライベートも含めた人生のすべてだったが、今の若者は会社と距離を置くので、それによって生じる寄る辺なさをコミュニティ活動が埋めるのだ。

　東京の友人たちのことを考えていると、突然ノックの音がした。

　煙の充満した会長室に戻ると、三人が渋い顔をしていた。それを見れば、紗栄子が賭けに勝ったことは明らかだった。

　三上が咳払いすると語り始めた。

「検討させていただきましたが、やはりご病気だからといって魁星先生をお断りすることは人情としてでき難く、引き続きご依頼することにしました」

「ありがとうございます」

「しかしですね。こちらのお二方にとってはたいへんな痛手で――」

　二階堂が口を挟む。

「会長、それは結構です」

「ああ、そうですな。それで、われらの決定ですが――」

　三上が言いにくそうに言う。

「包括契約で構わんことは構わんのですが、六百万ですべて請け負っていただきたいのです」

「六百万ですか」

またしても三上はディスカウントしてきた。もはや紗栄子にとっても、その金額でできるかどうか分からない。だが、ここが妥協点なのは間違いない。

「結構です」

「えっ、よろしいんで」

三人が顔を見合わせる。おそらく六百五十万のあたりで合意するよう、口裏を合わせていたのだろう。

「六百万で結構です」

「そうですか。それはよかった」

三上が勝ち誇ったような笑みを浮かべる。

「ただし、今この場で約定書を取り交わして下さい」

紗栄子にとって、また話を覆されてはたまらない。

桂木がうなずく。

「よろしいんじゃないですか」

二階堂にも異存はない。

「私は構いません」

三上が立ち上がる。

「では、条文を詰めましょう」

それから一時間ばかり、ああでもないこうでもないと条文を煮詰め、ようやく約定書ができ上った。病院で様々な手続きに必要かと思い、紗栄子は実印を持ってきていたので、その場で捺印した。

これでスタートが切れることになったが、ここからはタイムマネジメントだけでなく、予算の管理も厳しくなる。しかも振り込みは前払い四百万で、ねぶた祭の直前に二百万という二度払いとされたので、なおさら苦しい。

――発想を百八十度転換しないと、たいへんなことになる。

三上板金の駐車場に停めた車に戻った紗栄子は、約定書を幾度も読み返しながら、震えが収まらなかった。

十四

帰宅すると、いつものように杏が抱き付いてきた。

「紗栄子ちゃん、おかえり」

「杏ちゃん、いい子にしてた」

「うん」

「はい。約束のケーキだよ」

紗栄子がお土産の雛祭りケーキを渡すと、杏の顔が輝いた。

「ありがとう」

最近は幼稚園から標準語教育が徹底されているので、杏は津軽弁を使わない。

「紗栄子さん、遅がったね」

香澄と芳江が奥から出てきた。

「うん、いろいろ寄ってぎたんで遅くなっだね」

「それでどだった」

「奥で話すべ」

居間に入ると、食事の支度ができていた。

「香澄さん、どうもね」

紗栄子は貯金を取り崩し、食費だけでも納めるようにしていたが、それでも兄嫁の心遣いはうれしい。

「いいって。それで春馬は――」

紗栄子が笑みを浮かべて答えた。

「意識さ回復すた」

香澄が啞然とする。

「ああ、よがった」

一方、芳江は杏を連れて仏壇の前に行き、父の幹久に手を合わせながら何か語り掛けている。

「香澄さん、よがったね」

「うん」と答えつつも、香澄は浮かない顔をしている。

「香澄さん、どすたの。兄っちゃんは意識ば戻って話もできるよ」

「それはよがった。ばって、なすて早く教えでぐれねの」

「だって、病院さ行ぎだくでも香澄さんは足がねべな。どうせ明日は、香澄さんが行ぐ日だす。それで家さ帰ってから伝えようと思うだのさ」

「ばって、電話ぐらいでぎるでしょ」

「うん」

それを言われてしまえば、返す言葉はない。

いった。


「病院ば出でがら、何時間経ってらどいうの」

「会長さんに突然、呼ばれで。そいで電話ば掛げるような余裕はながった」

「もういいわ。明日行ぐから」

それだけ言うと、香澄はケーキを持って台所に行ってしまった。杏も香澄に付いていった。

芳江が小さな声で言う。

「香澄さんは、ずっと気ばもんでいたんだよ」

——やはり知らせるべきだった。

紗栄子は自分の非を認めざるを得なかった。

「頭痛がするで、先さ寝るわ」

「だっておめ、風呂や食事はどうするんだい」

それには何も答えず、紗栄子は自室に引き取った。

——東京に帰ろうかな。

二階にある自室の蒲団に横たわりながら、ふとそう思った。様々な問題が一気に降りかかってきて、とても持ちこたえられそうにない。

——春馬の病気、振興会とのぎすぎすした関係、ぎりぎりの予算、囃子や跳人の問題、ねぶたの制作期限、そして家族内の亀裂か。

東京にいれば、ただ指示された通りにコピーを取り、ファクスを送るだけが仕事だった。せいぜい訳の分からないエクセルやワードの仕事を、命じられるままにやっていればよかった。その時は不満だらけだったが、そんな責任の軽い仕事がいかに楽だったかと思うと、逆にありがたみを感じる。

――いや、こんなことではだめだ。私は兄っちゃんに大賞を取らせるために、ここに帰ってきたんだから。

そうは思うものの、香澄にまで非難され、強い孤独感に襲われた。

かつて東京の友人に、自分で言った言葉が思い出される。

「私は田舎育ちだから、メンタルが強いのよ」

だが、そのメンタルは田舎で破壊されようとしている。

――坂本君に会いたい。

だが坂本とは互いにライバルとして、ねぶた祭が終わるまで会わないと約束したのだ。その禁を破ることはできない。

その時、スマホが鳴った。

表示を見ると東昇太だ。紗栄子は救われた気がした。

「あっ、東君、どうすた！」

「何がどうすただ。やげにうれすそだな。坂本だどでも思っだのがい」

「そうじゃなぐで、いろいろ抱え込んでだんで、少すでも荷物ば背負ってぐれる人と話がすたぐで――」

「おいおい、何でもやらせようど思うなよ。わいの図工の成績ば知っどるだろ。ねぶたの紙張りは苦手だがらな」

紗栄子は声を上げて笑った。そんな些細なやりとりでも心が和む。

「電話すたのは囃子ど跳人の件だ。友人ば当だったら、友人の友人ば含めで十五人ぐらいは何とがなりそだ」

「えっ、十五人――」

「ああ、そっだよ。だってリーダー格ばトレーニングすれば、後は振興会さんが、人ば出すてぐれるんだろ」

「それが違うのよ」

「出すてぐれんのが」

紗栄子が今日のことを話す。

「そったごど言っても、二百人もの人ば集めるのは無理だ。今の青森には若もんはいね。みんな東京さ出でいったでな」

「そこを何とかすてほすいの」

　東のため息が向こうから聞こえてくる。

「分がった。少す考えさせでぐれ」

　それで電話は切られた。いかに顔の広い東でも、二百人もの若者を集めるのは難しいのだ。唯一の救いは、そろいの法被（はっぴ）や笛太鼓といった道具が、三上板金の倉庫にあるので、それが借りられることだけだ。

　――今日はもう寝よう。

　その時、ノックが聞こえた。

「紗栄子さん、食事さ来ない」

「香澄さん」

「さっきはごめんね。杏がケーキば食べずに、紗栄子さんを待ってらんだよ」

「分がった。こっちこそごめんね」

　紗栄子はほっとして階下に降りていった。

十五

鯨舟は、もう一時間近く図書館に置いてあるねぶたの写真集に見入っている。この写真集は、写真として残っている大半のねぶたを掲載した私家本で、青森大学の学生たちが足で集めた貴重なものだ。

「鯨舟先生、どうだが」

別の写真集を見ていた紗栄子が尋ねても、鯨舟の顔色は冴えない。

「春馬のは題材、構図、骨組み、書き割り、彩色、どれも申す分ね。昼でも夜でも、どの角度がら見でも、迫力や大ぎさば十分さ出せるはずだ」

机の上に置かれた春馬の下絵を見ながら、鯨舟がため息をつく。

「強いで言えば、心ば作れでいね」

「えっ、鯨舟先生、今何どおっしゃったんだが」

「心だ。まだ阿修羅ど帝釈天の心ば作れでいね」

――そうか。兄っちゃんの描いた絵は、まだデッサンだ。心を描き込めていないのは当たり前だ。

「心を作る」とは抽象的な言い方だが、要は題材とした英雄たちの心情が顔や動作に表れていないのだ。下絵はスケッチだから仕方がない。本来なら、ねぶた師が現場で、眉毛の位置や角度、口の形、眼の大きさ、腕や足の躍動感といった細部を煮詰めていって完成させるものだ。

――心か。私が兄っちゃんの手足となって動けば何とかなる代物ではない。

最も難しいのはそこなのだ。ねぶた師は制作しながら芸術家としての衝動が湧き上がり、作品に心を作っていく。その衝動が湧き上がってくるかどうかが、一流と二流の差になる。しかしどんなに才能のあるねぶた師でも、指示を出すだけでは、とても心を作れない。

「次に、新しさがな」

胸ポケットから煙草を取り出そうとした鯨舟だったが、ここが図書館だと思い出したのか、その手を元の位置に戻した。

「それは手堅いどということだが」

「んだ。大賞ば取りだい気持ちが出てすまっているもんはだめだ」

それは紗栄子も知っていた。ねぶた師は栄光と祝福から距離を取り、高い精神性や情熱、すなわち魂を、いかにねぶたに込められるかが勝負なのだ。

「それと、何か驚がせる新すさに欠げる。昔の名人だぢは凄がった。佐藤伝蔵の『国引』『張順水門を破る』『前田犬千代出世の武勲』、鹿内一生(しかないいっしょう)の『項羽の馬投げ』『金剛力士』『柳生石舟斎・喝』など、なすてあんな発想ができるがど思えるぐらい冴えでた」

鯨舟が、名だたる名人たちの作品を紗栄子に見せて説明する。それらには、見る者を圧倒するほどの才能のきらめきがある。

――名作と呼ばれるねぶたには、ただ飛んでいるとかひっくり返っているとか、奇抜な構図で空間の持つ面白さを表現しているだけではない。湧き上がる情念を作品に叩きつけたとしか思えないドラマ性が感じられる。

それにひきかえ、春馬の下絵は大人しい。全体のバランスがよく、構図の調和が取れているとはいえ、人の心を揺さぶる「何か」が出せているかといえば、そうでない気がする。

「鯨舟先生、今の題材では人の心を揺さぶらねんですが」

「いや、題材はいい。要は工夫だ。一づ見づげられれば、すべでがうまぐいぐ」

「そっだもんだが」

「ああ、そっだ。それと、奥行ぎか――」

「奥行ぎだが」

「そっだ。奥行ぎとは技術だけのごとでね。見えどらんドラマが見えでぐるごとだ」

――見えていないドラマが見えてくるとは、どういうこと。

紗栄子にも、鯨舟の言いたいことが分からない。

「へば、どうすればいいんだが」

鯨舟が写真集を閉じる。

「このねぶたは春馬のねぶただ。わいは感じたごどば伝えだだげだ。後は春馬が見づげねばなんね」

それは尤もなことだった。おそらく鯨舟は、もっと踏み込んだアドバイスもできたはずだ。しかし春馬の立場を重んじたに違いない。

「分がった。春馬ど詰めでみます」

だが時間的余裕はさほどない。早急に材料を発注し、細部の下ごしらえに入らねばならない。

帰途、鯨舟と一緒に針金、骨組み用の木材、和紙などをまとめて納品してくれる業者の許に赴き、注文を出した。これで金銭のやり取りが発生するので、いかに春馬の病状が悪化しようが、後には引けなくなった。

鯨舟を家まで送った後、紗栄子は病院に赴いた。

病室の前まで行くと、香澄が廊下の椅子に座っていた。

「香澄さん、ここで何すてる」

「今、先生が入ってらんで、ここさ出て待ってでたの」

「どうかすたの」

「ううん。定期回診さ来ただけと言ってでた」

それを聞いて紗栄子は安心した。

「香澄さん、そろそろ杏ちゃんのお迎えだ。交代すべ」

「そうね」と言うや、香澄が心痛をあらわに立ち上がった。

「紗栄子さん、春馬は疲れでる。だはんで、思い悩むようなごとは持ち込まねで」

「分がってる。心配すねで」

――そうか。香澄さんは春馬の身を案じ、春馬にねぶたのことを考えさせたくないんだ。

そのことにようやく気づいたが、これから祭りが終わるまで、紗栄子は逆のことをせねばならない。

——ねぶたのことを考えさせるのは、脳に過大な負担を掛けるかもしれない。

そう思った時、ドアが開き、神崎医師が看護師たちを連れて出てきた。

「先生。こんにちは」

「ああ、工藤さん。お兄さんは順調に回復しています。今のところ心配は要りません」

「それを聞いて安心しました。一つ質問があるのですが」

「何なりと」

神崎が涼やかな笑みを浮かべる。

「兄はねぶた師なんですが——」

「ああ、聞いています」

「よかった。それで今年のねぶた祭にも台を出すつもりですが——」

「ご本人が作るのは無理です。すでにご本人にも言い聞かせてあります」

「はい。それは分かっていますが、ねぶたのことを考えるのはいかがでしょうか」

神崎の顔が曇る。

「確かに、当面は脳に過度な負担を掛けることは避けたいですが、あくまで精神衛生上のことで、脳外科的には、それが回復の妨げになるとは証明されていません。私の立場では、過度に感情を刺激しなければ構わないとしか言えません」

「あの、過度に感情を刺激するとは――」

「要は口喧嘩をしたり、怒鳴り合ったりしないことです」

「ああ、それなら大丈夫です」

紗栄子が頭を下げると、「では、また」と言って神崎が去っていった。その後に看護師たちが続く。

――この中の誰かが、理事たちに通じているのかもしれない。

それを思うと疑心暗鬼に囚われるが、理事たちとは話がついたので、もはやどうでもよいことだ。

「兄っちゃん」と言って中に入ると、「紗栄子か」というか細い声が聞こえた。

「先生と話すたら、術後の経過は順調だど」

それに春馬は何とも答えず、逆に問うてきた。

「その後、進み具合はどうなってら」

「えっ、そのごとなら問題ねよ」

「本当か」

「まだ手術ば終わって一週間も経ってねんだがら、今は休んだ方がいい」

「おい」

　春馬の声音が変わる。

「隠す事はすんな。だいいちもう三月初旬だ。構図ば固めねばなんね」

「分がってら。すたばって、もう何日がはゆっくりすべよ」

「へば、問題だけでも聞がせでくれ」

「もう少し待っでら」

　しばし考えた末、春馬が言った。

「もう時間ばねのは分がってらな」

「えっ、うん――」

　紗栄子が煮え切らない返事をする。

　――香澄さんの立場になったら、とても相談なんてできない。

　春馬の健康を思えば、何も話さず安静にしておくのが一番いい。だがここで話さなくても、春馬があることないこと思いをめぐらせば同じことだ。

「早ぐ話すてぐれ」

「でも――」

　紗栄子はどうしていいか分からない。

「おい、わすのごどば心配すんな。ねぶだのごどば心配すろ！」

春馬が怒鳴る。

――感情を刺激してはいけないと、先生に言われたのに。

紗栄子は首肯せざるを得なかった。

「へば、話すておぐ」

紗栄子は制作面の問題だけを話した。

「そうか。話すてぐれでよがった」

「兄っちゃん、あんまり気い揉まんで」

「分がっとる。もうすぐ包帯さ取れると、先生が言ってでたんで、下絵ば置いでいってぐれ」

仕方なしに紗栄子が下絵を、サイドテーブルの上に置く。

「次に来る時は、スケッチブックと色鉛筆ば持ってこい」

「兄っちゃん、それはまだだめだよ」

「いいから、言う通りさしろ！」

そこまで言われては、断ることはできない。結局、紗栄子はスケッチブックと色鉛筆を持ってくることを約束させられた。

このまま祭り当日まで、春馬は命の灯を燃やすようにして、ねぶた作りに取り組むだろう。それは春馬の寿命を削ることになるかもしれない。だが、たとえ命を長らえても、春馬がねぶた師として祭りに参加できるのは、今年が最後になる確率が高い。

——しかし私がしていることは香澄さんの意に反することで、家族の和に亀裂が入るかもしれない。

それを思うと、いたたまれなくなる。だが春馬の意に反することは感情を刺激することにつながり、それもできない。

そうしたことを考えながら歩いていると、病院の表口に着いていた。

——どうしたらいいの。

病院の外に出て空を見上げると、ぼた雪が音もなく降ってきていた。風がないので、吹きつけるというより、舞い降りるという感じだ。

——ぼた雪は春を告げる雪。

ここ何日か、紗栄子は寒さを感じなくなっていた。それは故郷の寒さに慣れたというより、気温が上がり、ぼた雪が降る季節になったことを示していた。

——春が来て、そして夏が来る。

「ラッセラー、ラッセラー、ラッセ、ラッセ、ラッセラー！」

耳の奥から、跳人たちの掛け声が聞こえてきた。
いよいよ熱狂の季節が近づいてきたのだ。

第二章　悪戦苦闘

一

明治・大正頃のねぶたは、竹で骨組みが作られ、中の灯りは蠟燭(ろうそく)を使用した。そのため形状にも制限がある上、全般的に暗かった。それが一変したのは、戦後になって針金と電球の使用が始まってからだ。こうした制作素材の革新は、ねぶたに惚れ込む者たちの創造性を喚起し、技術革新を生み、ねぶたは凄まじい勢いで発展を遂げていった。

そうした中から、ねぶた師と呼ばれる専門家が生まれ、作品を芸術的なレベルまで引き上げていくことになる。

ねぶた師の一年は早い。八月のねぶた祭が終わると、ねぶた師たちは、ねぶたに詳しい人たちから、今年の自分のねぶたの「何がよくて何が悪かったか」を聞くことから始める。そこを出発点として、来年の構想を練り始める。当然、自分の強みを意識した上で、旬な題材を選ぶことになる。

題材は歴史や伝承から拾ってくることが多い。だが時代考証がしっかりできていないと減点の対象になるので、文献による裏付け調査に手間が掛かる。ねぶた師たちは図書館に行ったり、専門家にヒアリングしたりして、題材の決定と時代考証に心血を注ぐ。

題材がなかなか決まらないこともあるが、これを年内に終わらせておかないと、後の日程が厳しくなる。

正月の松飾りが取れる頃には全体構想や制作日程を固め、下絵を描き始めていなければならない。それができてから運行団体の了承を得た上で、制作の下準備に取り掛かる。

二月の青森は最も積雪の多い季節なので、下絵の細部の変更、材料の見積もり、人員の手配などに費やされる。

三月から四月にかけては、面（ねぶたでは顔のことを面と呼ぶ）、手足、刀などの細部を作っておく。これはねぶた師の家の近くの空き地などに小屋掛けして行われる。

五月には、アスパムの近くに「ねぶたラッセランド」というねぶた団地が設営されるので、そこで骨組みが始まる。これは角材で支柱を作り、それに針金で形を作っていく作業になる。

六月には電気を配線し、照明を取り付けていく。同時に紙貼りも行われ、真っ白なねぶたが姿を現す。この時に使われる電灯は八百〜千個前後になり、最近はＬＥＤが主に使われるようになった。だがこれで選択肢が増えたことも確かで、ねぶた師は主に従来の蛍光灯、電球状のＬＥＤ、テープ型のＬＥＤの三つの中から、照明を選択することになる。

七月には「書き割り」と呼ばれる墨汁で枠線を描いていく作業が行われ、パラフィンを溶かして模様を描き、最後に、ねぶた師の腕の見せ所となる「色付け」作業が始まる。

そして「台あげ」という専用の台車にねぶたを載せる作業が行われ、「台化粧」という台車全体の飾りつけや四囲に提灯などを取り付けていく。これでねぶたは完成し、本番を待つばかりとなる。

スケジュールを考えながら車を走らせていると、待ち合わせ場所の青森少年鑑別所に着いた。

駐車場で紗栄子が車を降りると、すでに東は待っていた。東の車が、春馬のものと同じような軽自動車なのが微笑ましい。確か東は車好きで、整備師になりたいと言っていた時期もあったが、今の経済力からすれば、軽自動車がせいぜいなのだ。

「よう、時間通りだな」

「まさが青森少年鑑別所の駐車場で待ち合わせすることになるどは思わねがった」

「デートにすちゃ、少すヘビイがな」

東が明るく笑う。

「こんなごと、よぐ考えついだね」

「わいは追い込まれねど、いい考えが浮がばねんだ」

二人は受付に行くと、所長にアポイントがあることを告げた。

二人が通されたのは所長室だった。しばらく待っていると、「お待たせしました」と言いながら所長がやってきた。思っていたより低姿勢で、陽気な人のようだ。

「ご無沙汰していました！」

東が勢いよく立ち上がったので、紗栄子もそれに倣った。

所長がソファーの対面に腰を下ろす。

所長は恰幅がよく、年は四十代半ばくらいに見える。その胸のプレートには「五十嵐」と書かれている。東からは何も聞かされていないが、東と五十嵐は顔見知りのようだ。

「昇太か、立派になったな」

中学三年生の頃、東は数カ月ここに入れられたと言っていたが、それは本当だったようだ。

「そんなことはありませんよ」

「いやいや、見違えるようだ」

どうやら五十嵐は他県の出身者らしく、標準語を使う。

「先生には、その節はお世話になりました」

「また、ここに入りたくなったのか」

「勘弁して下さいよ」

冗談を言い合った後、ようやく昇太が紗栄子のことを紹介する。五十嵐も自己紹介した。東がここに入っていた時、五十嵐は法務教官をしていたとのことだった。

「なんだ、そうだったのか。てっきり嫁さんを連れてきたのかと思ったよ」

「そうだったらよかったんですけどね。まずは依頼の筋がありましてね」

「お前の依頼の筋か。こいつは厄介そうだな」

五十嵐は、紗栄子の方にも目を向けて話をする。そうした気配りができることから、紗栄子は五十嵐に好印象を持った。

「昇太は、にやにやしている時ほど難しい依頼をしてくるんだ。昔のことだが、大工仕事を習いたいとさかんに言うので、何人かと一緒に青森刑務所に連れていって習わせたんだ。そしたら脚立を作った。『何に使うんだ』と聞いたら『木の枝を剪定したい』と答えた。そしたらどうしたと思う」

紗栄子が首を左右に振ると、東が言った。

「それを使って逃げ出そうとしたのさ」

二人が爆笑する。

「あの時は蒼白になったよ」

「だまされる方が悪いんですよ」

「こいつ！」

五十嵐が東の頭を小突くような素振りをする。それを見ていると、紗栄子も楽しくなってきた。

「それで今日は何の用だ」

「実は、後輩の更生に一役買いたいと思いまして」

「お前がか」

「はい。こちらにいる工藤さんは――」

東が経緯を手短に説明する。

「それで、ここにいる生徒さんたちをねぶた祭に動員したいんです」

「何だって。ここは鑑別所だぞ」

「分かっています。でも試験観察で、生徒さんたちを外に出すことはできますよね」

「いや、だからといって――」

紗栄子は事前に電話で聞いていたので驚かなかったが、五十嵐は唖然としている。

五十嵐が渋い顔で腕組みする。

「生徒たちを外に出すのは容易なことじゃないぞ。俺もクビ覚悟だ」

「命まで取られるわけじゃないでしょう」

「おい。命が取られなくても、かあちゃんと三人の子供を路頭に迷わすわけにはいかないよ」

「どんな場合に懲戒処分になりますか」

「そりゃ、決まっているだろう。誰かが逃げ出した時さ」

昇太が笑みを浮かべて問う。

「逃げ出そうとするような度胸のある玉はいるんですか」

「お前が入っていた頃と違い、教官も今は格段に優しいんだ。生徒たちの人権を重視せねばならんからな。それが生徒たちをつけ上がらせている。それから――」

五十嵐が厳しい顔で言う。

「飲酒や喫煙をされても、俺はクビになる」

ねぶた祭に酒は付き物なので、飲酒経験のある生徒たちは、つい手を出してしまうかもしれない。

「分かっています。俺と仲間たちがにらみを利かせます」

「暴力はいかん」

「もちろんです」

五十嵐が首を左右に振る。

「やはりだめだ。逃げ出すことは防げても、飲酒と喫煙は周りで大人たちがやっているんだ。それを防ぐのは難しい」

ようやく紗栄子が口を挟めた。

「生徒さんは何人くらいいるんですか」

「九十人くらいだな」

「教官の皆さんは」

「事務方も含めて五十人くらいだ」

「だったら、教官の皆さんも一緒に参加いただいたらいかがでしょう」

二人が口をあんぐりと開ける。

「紗栄子、それはいいアイデアだ。ねえ、所長、どうですか」

「いや、しかし教官まで動かすとなると、手続きが――」

「これは、生徒たちの更生具合を示すチャンスかもしれません。成功すれば教育委員会も喜びます」

「そうかな」

「所長の説得力次第です」

「うーん」

五十嵐が渋い顔で唸る。様々な手続きやハードルを考えているのだろう。

少し経ってから五十嵐が膝を叩いた。

「お前には負けたよ。よし分かった。やってみよう」

「そうこなくっちゃな」

「まだ決定ではないぞ。いろいろ上にお伺いを立てねばならないんだ」

紗栄子がおずおずと問う。

「どのくらいかかりますか」

「四月に人事が一新されるので、その前に何とかせねばなるまい」

「お願いします！」

二人が頭を下げる。

それで話がまとまり、いよいよ失礼する段になったので、紗栄子が尋ねた。

「最後に一つだけ聞いてもいいですか」

「はい。構いませんよ」

「ねぶた祭に出なかったとしたら、生徒さんたちはここにいるわけですから、三度の食事は出しますよね」

「ああ、もちろんです」

「それなら、ここで作った食事を会場まで運んでいただけないでしょうか」

「紗栄子、お前、頭がいいな」

昇太が感心すると五十嵐が言った。

「つまりそうすれば、少年たちに振る舞われる弁当もなくなるってわけか」

「はい。酒を飲む大人たちから、できるだけ離すようにします」

「三度の食事の経費はすでに計上されているので、その問題はないでしょう」

「それを聞いて安心しました。生徒たちの食事は、俺の仲間が車で運びます」

「それなら炊事のおばちゃんたちが弁当を作るだけだな」

「よかった」

五十嵐が頭の後ろに手をやりながら言う。

「なんか二人に丸め込まれちまったな。まあ、いいだろう。もちろん俺も出るぞ！」

「当たり前ですよ」

「よし、初めてのねぶた祭への参加だ！」

五十嵐は、すっかりその気になっていた。

二

ねぶたとは何か。

病室の窓の外を見るでもなく見ながら、紗栄子はずっとそのことを考えていた。

——どうすれば、皆の心を動かすようなねぶたが作れるんだろう。

だが奇を衒う必要はない。奇を衒うよりも基本に立ち返ることで、紗栄子は心を動かせるねぶたが作れると思った。

ねぶたとは一言で言えば人形灯籠だが、その巨大さと美しさに人々は魅せられる。そこには、魂の叫びにも似た人間の感情のほとばしりが詰まっているからだ。

ちなみにねぶたとは、厳密には台も含めた完成形を指すが、台の上の造形だけをねぶたと呼ぶこともある。だが厳密には、造形の主役にあたる神や人を人形灯籠と呼ぶ。

ねぶた師たちは、古代から連綿と受け継がれてきた神話、英雄譚、武将譚、中国の古典などから題材を見つけ出し、そこに自分の創造性を加味した表現を人形灯籠に託す。そうした制約があっても、新しさは出していける。題材はオーソドックスでも、表現が新しければ価値があるからだ。

——春馬のねぶたには、何が足らないのか。

春馬の描いた下絵と過去の名作の写真集を見比べながら、紗栄子は考えに沈んだ。

——父っちゃんは、「形を作るのでね。心を作れ」と言っていた。

「心を作る」とはどういうことなのか、紗栄子にははっきりと分からない。

父っちゃんは「心ができれば、形は自ずどでぎでくる」とも言っていた。

――では、どうすれば心ができるのか。

ねぶた師は題材が決まると、題材として取り上げた人物の気持ちに寄り添うようになる。まさに自分がその人物になったかのようになり、夢にも出てくるという。しかし肝心の春馬がこの状態では、とことん突き詰めるところまでは行けない。だが、すでに三月も半分を過ぎたのだ。もう面、手足、刀などの細部を作り始めねばならない。

――今頃、皆は作業に入っている。幸三郎もそうだろう。

焦りばかりが先に立つ。

――やはり駄目なのではないか。

あきらめにも似た思いが幾度となく脳裏をよぎる。

――この下絵のままやるしかない。

それで勝てなければ、春馬も納得するに違いない。

今後、春馬の体調がどうなるかは全く分からない。最悪の場合、いちいち確認を取りながら進めることはできなくなる。それなら紗栄子が己の思い、すなわち心をねぶたにぶつけた方が、よいものができるかもしれない。

――それとも、私が勝手にやった方がよいのか。

――きっとそうだろう。でもそれでは、兄っちゃんのねぶたではなくなる。

紗栄子が最後までこだわりたいのは、「兄っちゃんのねぶた」という一点だ。

そこには決して思い出したくない過去があった。

「紗栄子か」

突然の声に、紗栄子がわれに返った。

「ああ、兄っちゃん、起ぎだのだが」

「ああ、来でたのが」

「うん。さっき香澄さんと交代すた」

「香澄は何が言ってだが」

「ううん、何も。でも――」

交代しに来た時、香澄が落ち着かない様子だったのを覚えている。

――何かあったな。

胸騒ぎがする。

「兄っちゃん、何があったが言って」

「うん、先生が来でな――」

すでに春馬の包帯は頭の部分だけになっているので、その澄んだ目がよく見える。

「何だって」

「それがな、もう一度、手術すた方がいど言うんだ」

「なんでまだ――」

それは全く予期せぬ一言だった。

「そんぐらい悪化すてるらすい。だがもう一度手術どなるど、今年のねぶた祭はあぎらめねばなんね」

「そ、そんな――」

しかし神崎医師が「すぐに手術した方がよい」と言うからには、それがベストな選択なのだろう。

――兄っちゃんには辛いかもしれないが、命を最優先すべきだ。

「兄っちゃん、仕方ねよ。今年はあぎらめるべ。振興会さんには私(わたす)がら謝っでおぐ」

春馬は何も言わない。

「先生は、いづ手術するど言ってだ」

春馬はため息をつくと、はっきりと言った。

「手術はすない」

「な、なすて」

「わしがそう決めだんだ」

「待って。だって先生は、すぐに手術すた方がよいど言ったべ」

「ああ、そう言っだ」

「じゃ、なんですない」

そう問うたものの、紗栄子には春馬の覚悟がよく分かる。だがこれは、命にかかわる問題なのだ。

「紗栄子、『ねぶたコヘ』という言葉知ってらが」

「うん、ねぶたこさえが訛って、コヘと呼ばれるようになっだ」

「そだ。コヘになると、ねぶだがねえ夏なんて考えらいね」

紗栄子の胸底から、怒りとも悲しみともつかないものが突き上げてきた。

「兄っちゃんは、自分が何言うでるが分がってんの！」

つい激してしまった紗栄子をよそに、春馬は至って冷静に答えた。

「ねぶだはどんだけ傑作ばって、祭りが終われば壊さいる。奴らは、だった一週間のだめに命燃やす。それも生ぎ方でねがど思っだのさ」

ねぶたは大賞を取った作品でも保存されることは少ない。まずその巨大さが保存に適さない。また極めて壊れやすく、色彩もあせやすい。そのためねぶた師たちは、祭りを終えたねぶたにさほど未練を持たない。

　ただしねぶたを展示する博物館の「ねぶたの家　ワ・ラッセ」が、平成二十三年に開設されてからは、祭りの終了直後に、四台から五台のねぶたが前年のねぶたと入れ替えで一年間限定で展示されることになった。

「馬鹿じゃないの」

　つい標準語が口を突いて出た。

「だからコへだべ！」

　春馬が強い口調で言う。

　神崎医師からは興奮させてはいけないと言われているので、紗栄子は言い返すのをやめた。

「香澄さんには伝えだの」

「ああ」

「何だって」

　春馬は苦笑いを浮かべて何も答えない。

「それが答ね。泣いたでしょ」

「泣いだどごろで決意は変わんね。わすは今年のねぶた祭で勝負する」

「失礼します」

病室のドアが開く音がする。神崎が回診でやってきたのだ。

春馬はぺこりと頭を下げると、ばつの悪そうな顔をしている。

「ご本人から聞きましたね」

「はい。たった今」

「残した部分が肥大化する恐れがあるのと、転移の可能性もあるので、医師としては早期の手術をお勧めします。ただ人としては、春馬さんの気持ちも分かります」

「でも手術しないと、悪くなるんですよね」

神崎はしばし考え込むと言った。

「そのリスクが高まるとしか言えません。この状態で八月半ばまで行くかもしれませんし、手遅れになるかもしれません」

――そ、そんな。

「手遅れ」という言葉が重くのしかかる。だが春馬は平然とした顔で、窓の外を見ている。

「奥さんからも説得するように頼まれていますが、ご本人が頑として聞き入れないのです」

「兄っちゃん、先生もこう言うどるよ」

それに春馬は答えず、神崎の方を向いた。

「どんなことになろうと、先生を恨むことはしません」

春馬がきれいな標準語で言う。

「聞く耳を持たないということだね」

春馬が力強くうなずく。

「分かった。では手術は八月十一日とします」

「ありがとうございます。ただねぶたの片付けがあるんで、お盆明けではだめですか」

「春馬さん、あなたの命が懸かっているんですよ」

神崎がため息をつく。

「分かりました。それで結構です」

紗栄子が口を挟む余地もない。

——父っちゃんだったら何と言うだろう。

難しい顔でお茶を一口飲んだ後、「そうすたけば、そうすろ」と言うに違いない。

「先生、それでは八月十一日までは、自宅に帰っていてもよろしいですね」

「まだ経過観察がありますから、一週間ほどはいていただきます」

「病院には通いますから、明日退院させて下さい」

神崎が考え込むと言った。

「分かりました。その代わり念書にサインと印鑑をいただきます」

そうしないと、何かあった時に医師の責任とされるからだ。

「もちろんです。ありがとうございます」

苦笑いを浮かべながら、神崎が病室を出ていった。

「兄っちゃん、なすてこったなごどば――」

それには何も答えず、春馬が言った。

「さて、撤収だ」

紗栄子が止める暇もなく、春馬が勝手に点滴針を外した。

三

玄関先で春馬が「今帰ったぞ」と言うと、奥から杏が飛び出してきた。

「父っちゃん！」

「杏、いい子にすてだか」

「してたよ」

　春馬が抱き上げたのを見た紗栄子が、すかさず杏を支える。

「兄っちゃん、体力ねだがら、抱ぎ上げばまずいよ」

　自分でもそう思ったのか、春馬は杏を下ろすと、ボストンバッグからおもちゃの包みを取り出した。帰途に寄ったおもちゃ屋で買ったものだ。

「これ何」

「後のお楽しみ」

「開けて」

　紗栄子が包装を解いていると、芳江と香澄がやってきた。

「どすたの」

「もういのがい」

　二人が心配そうに尋ねてくる。

「手術は、ねぶだの後さ決まった。今言えるごどはそんだけだ」

　それだけ言うと、春馬は覚束ない足取りで仕事部屋に向かった。それを二人が支えていく。

「おばちゃん、見て」

春馬が選んだシルバニアファミリーのフィギュアを、杏が紗栄子の目の前に掲げる。

「かわいい熊さんね。でも、あっちでやろうね」

紗栄子が杏を居間に導くと、香澄が一人で入ってきた。

「杏は、おばあちゃんの部屋に行ってなさい」

教育上のことからか。香澄は杏に話し掛ける時は標準語になる。

「おばあちゃん、つまんないからやだ」

「行きなさい」

その厳しい声音を聞けば、香澄の機嫌がよくないのは明らかだ。

杏がシルバニアファミリーの家を抱え、居間から出ていった。

「紗栄子さん、これはどういうこと」

香澄が標準語で問う。そのよそよそしい態度から怒っているのが分かる。

「香澄さんもご存じの通り、兄っちゃんが手術を延期し、先生に話をつけて退院ということになったの」

「本当にそうかしら」

「ちょっと待って。どういうこと」

「誰が春馬にそれを言わせたの」

「えっ、私がそそのかしたとでも言うの」

紗栄子は混乱した。誰が春馬の身を危険に晒すだろうか。そんなことは冷静になれば分かるはずだ。

「それ以外、考えられないでしょ。『手術なんて後でも大丈夫』とかなんとか春馬に吹き込んだんじゃない」

「そんなことを言うわけないわ！」

悲しみが込み上げてきた。

――もう東京に帰りたい。

たとえ孤独でも、東京の自分の部屋に戻れば、自分を責める人間はいない。

涙が出てきた。

――泣いてはだめ。

そう言い聞かせても、あまりのことに涙が止まらない。

「あなたが来てから、家はめちゃくちゃだわ」

「めちゃくちゃだなんて――。ひどいわ」

「ねぶたなんかなければいいのよ！」

香澄がねぶたに触れた瞬間、何かが弾けた。

「あんた何を言っているの！　ねぶたは私たち青森もんの誇りよ。兄っちゃんは青森の誇りを背負っている。だから無理しているのよ！」

「そんな誇りなんて要らないわ。私は春馬が元気なら、それでいいの！」

その時、襖が開いた。そこに立っていたのは春馬だった。

春馬は無言で香澄の襟首を掴むと、平手を見舞った。

「あっ」と言って香澄が倒れる。

「ママ！」

背後から現れた杏が、香澄に覆いかぶさったので、春馬は再び振り上げた手を下ろした。

香澄と杏の泣き声が家中に響く。

「ああ、なんでごとを」

遅れてきた芳江がおろおろする。

春馬が冷めた声音で告げる。

「退院はわいの判断だ。紗栄子は関係ね。おめはねぶだが終わるまで実家さ帰ってろ」

香澄が声を上げて泣く。それを聞いた杏も顔を真っ赤にして泣いている。杏を抱き寄せながら、香澄が言う。

「あんたは家族のごど考えねの。あんたが死んだら、わんどはどうするの」

「おめは杏連れて実家さ帰ってろ。そいで紗栄子――」

「何さ」

「下絵、決めるで来い」

それだけ言うと、春馬は行ってしまった。

香澄と杏は抱き合って泣いている。それを芳江がおろおろしながら見ている。

紗栄子が立ち上がる。

「香澄さんたちは、ここにいて。私がどこかに宿を取るわ」

八月まで泊まるとしたら、叔母さんのところに転がり込むしかない。

芳江が泣き面で言う。

「そったごど言っだって、おめ――」

「母っちゃんは黙っでいで」

芳江を制すると、紗栄子は香澄に言った。

「香澄さん、ここに残って」

香澄が声を絞り出す。

「ほっといて」

香澄の言葉が紗栄子の肺腑に突き刺さる。

――今は何も言わない方がよい。

紗栄子は黙って立ち上がると、春馬の仕事部屋へと向かった。

四

春馬が煙草を吸いながら下絵を眺めている。

「兄っちゃん、煙草はだめだ」

「一服だげだ」

春馬がうまそうに紫煙を吐く。香澄とのことがあったので、心を落ち着けたいのだろう。だが医師から禁じられていることを容認するわけにはいかない。

「これ一服にすでな」

「分がっだ」

「この機会さ禁煙すればいいのに」

「酒は飲まん。だはんで煙草ぐらいは許すてぐれ」

酒だってねぶた小屋ができ上ったら、どうなるかは分からない。

「仕方ないべ。でも酒だけはだめだ」

「分がってる。それよりこいな、こうすたらどうな」

春馬が阿修羅の右腕を少し前にもっていく。

「そすったら、角度によっては顔見えなぐなるべ」

ねぶたは扇子持ちの指揮に従い、上下に揺すったり、ジグザグ蛇行したり、交差点ではぐるりと回ったりしながら練り歩く。その時、どのような角度や位置だろうと、魅力的に見えるようにせねばならない。

「うーん」と言いつつ、春馬が腕の位置を上げる。

「こいだばどうだ」

「ねぶたの規定さ引っ掛がんねか」

大型ねぶたの大きさには基準があり、幅九メートル、奥行き七メートル、高さ三・一～三・三メートル（台車含めて五メートル）になる。というのも、十メートルの道幅の道路や電線などの下を通らねばならないからだ。そのため開催日が近くなると、警察による測定がある。それで駄目出しされると、形の変更を余儀なくされる。

「しかも兄っちゃん、阿修羅の顔は三面だ。腕曲げだり、前さ出すたりすれば、どれかが見えねぐなる。だはんで腕は左右さ張り出さねど」

「そうだな。左手は突っ張ったままでいが、右手は上が前さ出すて」

左手を伸ばすことにより、伸ばした右足とのバランスが取れる。左足は見えない部分となるので、さほど考慮しなくていい。

——右腕をどうするか。

過去の写真をめくってみたが、なかなか妙案は浮かばない。阿修羅の場合、一つの体に三面となるので、全体のバランスを取るのが実に難しい。

「じゃ、肘上げで、手の甲正面さ向ぐようにすたらどう」

「こうが」

春馬がその動作をする。

「もっと肘上げでさ。肩がら上腕の外側の筋さ際立だすだら」

「ああ、いいな。そんなねぶたは見だごとねな」

ちょうど阿修羅が帝釈天の攻撃を避けるような形になる。

「兄っちゃん、帝釈天は追い掛げでらんな」

「そうだ」

「だったらもっと躍動させるべ」

「どうやって」

「右肩をこう入れだらどだ」

「そうか。つまり左手で捕まえに行がずに、右手で行ぐのが」

紗栄子がうなずく。

「帝釈天の左足後方さ伸ばすこどで、阿修羅の左腕どバランス取れるべ」

「ばって両方ども体捻ずれすぎで、作る時さ苦労するな」

「そのぐらいやらんと、勝てねど」

――しかし、それだけでも勝てない。

「形を作るのでね。心を作れ」という父の言葉が脳裏に浮かぶ。

――だが今は時間がない。とにかく構図だけでも固めよう。

春馬が、さらさらと鉛筆書きで改変後の下絵を描く。

「紗栄子、こいでどだ」

「うん。いよ」

これでおおよその構図は決まった。

「兄っちゃん、面はこれでいが」

「いや、阿修羅の三面が同じじゃよぐね」

「そうだな。で、どする」

「うん」と答えながら、春馬が剃(そ)り上げられた頭を撫でる。その目尻には皺(しわ)が刻まれ、一気に十は年を取ったように見える。

――思っていた以上に、手術が辛かったんだ。でも「今年のねぶたに出る」と言った手前、兄っちゃんは私にも弱いところを見せたくないんだ。

明らかに春馬は無理をしている。だがそれを言ったところで、強く反発されるに決まっている。そのため紗栄子は軽い感じで言ってみた。

「兄っちゃん、今日は休むべが」

「なすてだ」

「疲れでるように見える」

「そったごどね」

春馬が首を左右に振る。

「兄っちゃん、頭振ったらいがんと、先生さ言われでるべな」

「ああ、分がってら」

春馬が辛そうなのは変わらないが、これ以上「休め」と言えば、感情を波立たせてしまうかもしれない。

「続げでいの」

「おう」

「じゃ、茶淹れでぐるよ」

「茶などいらんがら！」

春馬が苛立ちをあらわにする。

「分がっだ。じゃ、阿修羅の面どうするのさ。このねぶたは阿修羅の三面が勝負だべ」

「うーん」と言って、春馬が顔をしかめる。

新たな発想が出てこない時は、過去の事例を見せるのが一番だ。

「兄っちゃん、これ見で。十年ほど前に『阿修羅と帝釈天』作った人は面が同ずだ。瞳の位置だげが違う。だはんで入賞すねがったんでねが」

「じゃ、面どう変える」

紗栄子の中で閃くものがあった。

「そだ。三段階にすべ」

「えっ、どっだごとだ」

「理不尽な帝釈天に対する怒り、自分ば負げるどは思わねがった驚ぎ、そすて殺さいるがもすれねどいう恐怖――」

「ああ、それはいがもな」

「そいで面の赤も、少す変えるべ」

「面の色を――」

「そだ。怒りは深紅、驚きは朱、恐怖は橙色ではどだ」

「うん、いいな」

だが春馬は、心ここにあらずという顔をしている。

「兄っちゃん、今日はここまでにすべ」

「ああ、うん」

さすがに春馬自身も限界を感じたのだろう。

「じゃ、行ごう。立でるか」

紗栄子が寝室に連れていこうとすると、春馬が言った。

「今夜はここで寝る」

先ほどの喧嘩の後なので仕方がない。

「でも、ここには布団がないべ」

「要らん」

「何言う。もう香澄さんも怒ってねよ」

「嫌だ。わいはここにおる」

春馬は言い出したら梃子でも動かない。

「分がった。待ってろ」

紗栄子が芳江の寝室に行き、客用の布団はないか尋ねると、「おめが使ってるのが客用だ」という返事だった。

――起こすのはかわいそう。でも仕方ない。

紗栄子が香澄と杏のいる寝室の外から声を掛ける。

「香澄さん、兄っちゃんが仕事部屋で寝るって言うの。だはんで布団持っていぐわ」

中で衣擦れの音がすると、何も言わず襖が開き、布団だけが押し出されてきた。

「香澄さん、ごめんなさい」

襖が閉まると、沈黙が訪れた。それで香澄の怒りが相当のものだと分かった。

――おそらく、何を言おうと今は聞く耳を持たない。

これまで紗栄子は、香澄と表面的な付き合いしかしてこなかった。それゆえ、その性格をあまり知らない。もしかすると感情の起伏が激しいタイプなのかもしれない。

そうした女性は嫌いになると、何を言っても心を開くことがない。

おそらく香澄は春馬を愛してはいるのだろう。可哀想だとも思っているに違いない。だから春馬に怒りを持っていくことはできない。ましてや医師からは「感情を刺激しないように」と言われているのだ。

——誰かを悪人にするとしたら、私しかいない。

もし春馬を失えば、香澄は杏を抱えて路頭に迷うかもしれない。そうした不安などもないまぜになり、自分の感情を制御できなくなっているのだ。

——でも、なんで私が、こんな目に遭わねばならないの。

考えてみれば、兄をサポートするために東京での生活をなげうって帰郷したのだ。しかも紗栄子には、ねぶた大賞を受賞しても黒子としての栄誉しかない。おそらくそれは、内助の功を賞賛される香澄よりも低いものだろう。多くの関係者が「ああ、紙貼っだのが」くらいにしか思わないはずだ。

香澄が冷静になれば、こんな誤解が生まれるはずはないのだ。

——しかし今の香澄さんには、論理的に考える余裕はない。

疲労感がどっと押し寄せてきた。

——帰りたい。

あれほど嫌いだった東京に無性に帰りたくなった。

——だが乗り掛かった船から下りるわけにはいかない。

ため息をつきつつ仕事部屋に戻ると、春馬が丸膳に突っ伏して寝ていた。

「兄っちゃん！」

何かあったのかと思ったが、春馬が寝息を立てているのを聞いて安心した。

——よほど疲れていたんだね。

おそらく春馬は、自分は長くはないと察しているのだろう。だからこそ残る命の灯を、今年の祭りに燃やし尽くしたいのだ。それで一カ月や二カ月寿命が短くなっても、構わないのだ。

——兄っちゃんに何としても大賞を取らせたい。

紗栄子は心の底からそう思った。

敷いた布団の上に春馬を導こうとすると、春馬は「うーん」と呻きながら、自ら横になった。明日の朝、春馬が飲まねばならない薬を並べると、紗栄子は自分の部屋に向かった。

五

「こいだばいげるがもすれん」

　春馬の描いた下絵をじっくりと見ながら、鯨舟が言った。

「そう思うが」

　春馬がうれしそうな顔をする。

「ねぶたは瞬間の美しさだ。歌舞伎の荒事の男だぢが見得切った一瞬のエネルギーを、どやって映す出すかが勝負どこだ」

　――それが「形を作るのでね。心を作れ」ということなのかもしれない。

　ねぶたは初めて見た時の衝撃、すなわち第一印象が採点を大きく左右する。それは人間が何かを評価する際の本能に近いものと言ってもいい。

　紗栄子が問う。

「鯨舟さん、この下絵は、ねぶたの採点要素を満たすてるの」

「ねぶだには、十以上の評価ポイントがある」

「ねぶた奨励委員会」の「大型ねぶたの評価基準表」によると、公式の評価ポイントは、「構図」「色彩」「明暗(照明効果)」「繊細度(細部にわたる技術)」「曳き方(演出効果）」となっている。だがこれだけなら、調和の取れた危なげない作品が、毎年受賞することになる。ところが実際は違う。

鯨舟によると、「華麗にして勇壮、哀調にして殺伐、そしてグロテスクなまでの迫力」のあるねぶたが評価されるという。つまり実際は「勇壮」「華麗」「哀調」「殺伐」「グロテスク（異様さと妖しさ）」といった印象に左右されるものが大きく、これに準じるものとして、技術面に依存することが多い「爆発力（ダイナミズム）」「広がり（創造性）」「品格」「色彩」「構図の妙」「テーマ性」などが続くという。

祭りなので「勇壮さ」や「華麗さ」は不可欠で、題材となったねぶたの「漢(おとこ)ぶり」が人を惹きつける。ただしねぶたの伝統でもある「殺伐」や「グロテスク」といった負の印象も重大な評価要素となる。これは、「人の心の醜さや弱さを表す」ことが重視されているからにほかならない。

そこに「哀調」が加味されれば、言うことはない。「哀調」とは負の感情表現のことで、「不安」「恐怖」「憐憫」といったものだ。

これらの負の要素があるからこそ、ねぶたは芸術として認識されるのだ。

さらに、これらの印象を支えるのが技術力だ。「爆発力（ダイナミズム）」は「力強さ」や「勢い」と言い換えることもできるだろう。題材の最も力が漲（みなぎ）っている瞬間をいかに切り取るか。それがねぶた師の腕の見せ所で、またねぶたに命を吹き込むことにつながる。

「広がり」も重要だ。ねぶたで描いたシーンだけでなく、見る者にその前後のドラマを想像させるほどの広がりがあるかどうかが問われる。つまり「物語性」とも言えるもので、近年とみに重視され始めた。

ねぶたには「品格」もなくてはならない。ただおどろおどろしいだけでは、見る者に不快感を催させる。そのため登場人物を二人にして、その両方を正邪として描き分けることが多い。まさに阿修羅と帝釈天の関係になる。そのため一人ねぶたは、たいてい「品格」だけを表したものになる。

「色彩」も重要で、ただきらびやかにすればよいというわけではなく、色彩のバランスによって、ねぶたの美しさを際立たせる必要がある。そのためには、線の太い細いやぼかしの入れ方まで入念に考えていかねばならない。

「構図」は極めて重要な点で、与えられたスペースの中で、いかに安定感とまとまりのある構図を考えているかが、ねぶたの評価を決める。しかしこれは最初期に固めねばならないので、ねぶた師の経験と勘が物を言う。

そして最後に「テーマ性」が問われる。ねぶたは英雄譚などの歴史的題材を扱っているからこそ、現代の諸問題の映し鏡であらねばならない。それゆえねぶた師には、勉強が必要だ。九月から十二月の間、ねぶた師は図書館などに通い、歴史や伝承を学ぶ努力を怠らない。

春馬が自らを鼓舞するように言う。

「鯨舟さん、じゃ掛がるか」

三人は立ち上がり、近所の空き地に張られたテント小屋に向かった。春馬は杖をついているが、昨夜よりは元気そうだ。下絵に駄目出しされなかったことで機嫌がよいのだろう。

テントには「三上板金工業」と書かれている。紗栄子が借りてきて、社員さんに張ってもらったものだ。

青い海公園の一部にねぶたラッセランドと呼ばれるねぶた団地が開設されるのは、ゴールデンウイーク後半となる。それまでは、この小さなテントで「下ごしらえ」と呼ばれるパーツ作りに励まねばならない。パーツとは、手、足、刀、槍の穂先、持ち物といった細部にあたるもののことだ。

春馬は一台なので、それほど厳しいスケジュールではないが、三台以上請け負っているねぶた師は、雪の積もった二月から「下ごしらえ」を始める者もいる。テントの中には、納品された材料が山積されていた。

鯨舟が針金を手に取る。

「材料はそろってるな」

針金の太さは、偶数の番号で表示されるが、胴体など堅固に作らねばならない部分は直径が三・二ミリの十番を使う。しかし曲線が多い指先などは順次、細いものを使っていく。言うまでもなく太いものは扱いにくく、細いものは扱いやすい。だが細い針金を使いすぎると壊れやすくなる。そのトレードオフの関係をいかにうまく使い分けるかも、勝負の分かれ目になる。

「手伝いはいつ来る」

鯨舟の問いに紗栄子が答える。

「もう来ると思う」

春馬から昨年手伝ってくれた人たちのリストをもらい、その中から「下ごしらえ」を手伝えるほどの腕のいい三人に、紗栄子は連絡していた。テントは小さいので、「下ごしらえ」は限られた人数で行わねばならない。

それが田村、安田、宇野の三人だ。田村は六十がらみの大ベテランで、父項星の時代から手伝いをしていた。安田は四十前後の高校教師で、様々な団体のねぶた作りを手伝ってきた。宇野は寡黙な二十代の青年だが、手先の器用さは抜群で、春馬のたっての指名だった。ねぶた作りには掃除や雑用が付き物なので、どうしても若手一人を入れる必要がある。春馬によると、宇野は文句一つ言わず使い走りまでやってくれるので、大いに助かるという。

十時頃に三人がやってきて、いよいよ作業開始となった。

まず大きさの基準となるのは面だ。全体の寸法は面の大きさを基準にしている。そのためこの部分が、ねぶた師の秘伝になる。春馬の場合、顔の直径によって中指の長さを決め、それに従ってほかの指の長さなどの細部を決めている。

別のねぶた師は、頭頂から顎先までの長さに従って、ほかの部位の長さを決める。このように最初に基準となるものを決め、次々と連環させて長さや太さを決めていくのだ。

だが「修羅降臨」の場合、主役は三面の阿修羅なので、その大きさの目安が難しい。春馬と鯨舟の二人は、何度も針金で輪を作り、おおよその頭の大きさを決めた。同時に帝釈天も同じように決めていった。

「最初のボタン掛け違うど失敗する。大きすぎでは基準オーバーする。小さすぎでは迫力出ね」

火の点いていない煙草をくわえながら、鯨舟が言う。テント内は禁煙だからだ。

ようやく頭の直径が決まった。それを計測し、各部位の大きさを割り出していく。だがデフォルメは必要なので、必ずしも基準に従うわけではない。そこは、ねぶた師の経験と勘に依存する。

昼時になり、紗栄子が近くの弁当屋さんに配達を頼み、一時間ばかり休憩した。その間も男たちは、下絵を見ながらねぶた談議を続けていた。

紗栄子は茶を淹れて、皆に弁当を配った。

午後は下絵を見ながら、針金を切りそろえていく作業だ。ねぶた作りで最も地道で面白くないのが、こうした初期作業になる。それでも男たちは黙々と手先を動かし続けた。

夕方になり、少し早めに一日目の作業を終わらせることにした。春馬を休ませねばならないからだ。

紗栄子は春馬を支えるようにして自宅に帰った。

玄関を入った時、いつもと違う感じがした。ちょこんと置かれた小さな履物がないのだ。

――やはり二人は実家に帰ったのだ。

芳江が奥から出てきた。

「香澄さんは杏を連れで帰っだよ」

春馬は「そうか」とだけ答えると、杖を立て掛け、もどかしげに履物を脱いだ。

――どうしたらいいの。

紗栄子には、二人は実家に帰らないのではないかという一抹の期待もあった。だが
それは、ものの見事に打ち砕かれた。

「兄っちゃん、電話すだら」

つい口をついて言葉が出る。だが春馬は何も言わず、作業部屋に入っていった。

六

三月の日曜日、青い海公園の野外ステージに集まった人数が二十人ばかりなのを見て、紗栄子は愕然とした。

――どうしてこれだけなの。

この日は囃子方との顔合わせ会と第一回の稽古なので、百人前後は集まると見込ん

でいた。しかし集まったのは、その三分の一にも満たない人数だった。

ねぶたには、笛や太鼓などで勇壮な音楽を奏でる囃子が必須だ。この囃子に乗って跳人と呼ばれる踊り子たちが跳ね踊り、ねぶたの熱狂が醸し出されていく。そのため囃子方は経験者の頭数が勝負になる。音量や熱気でねぶたを盛り上げることが、採点に有利に働くからだ。そのため五十人以下の囃子方しか動員できなかった団体は、入賞するのが難しくなる。

平成に入った頃までは、いくつかあるねぶた囃子保存団体に依頼して、各運行団体がその人数を分け合う形態だったが、企業が運行団体の主力になるに従い、社員を中心にして独自に囃子方を養成するようになり、それぞれの規模も百人くらいになった。跳人は特段の稽古は不要だが、囃子方は冬場から稽古に励む。それだけ、ねぶたの囃子は難しいと言われる。

紗栄子が慌てて声を上げる。

「世話役さんはどこですか」

「はい。私ですが」

四十歳前後の痩せた男性が、おずおずと手を上げた。

「初めまして。工藤紗栄子です」

「こちらこそ、三上板金資材部の内藤卓也です」

「あの、昨年は囃子方が百人ほど集まったと聞きましたが」

「ええ、集まりました」

青森ねぶた振興会は、春馬がねぶた師を務める前から祭りに参加しているので、各社から囃子方が集まり、それなりの陣容を誇っていた。

「これまで、われわれも苦労して囃子方を育ててきました。ただ一社ではないので、ほかの団体さんのようにはいきません」

各団体は十二月頃から募集を開始し、二月末にはその年のメンバーを確定させる。

各団体は運行団体に所属するメンバーが中心となる。それが企業なら社員から代表が選ばれ、取り仕切っていく。

内藤によると、青森ねぶた振興会の場合、中小企業の集まりなので、元々頭数を集めるのが難しかったという。

「でも、これだけの人数というのは、どうしてですか」

「会長が『今年は飯も酒も自前だ。そえでもよげれば参加すべ』と言ったんです。他社もそれだけは釘を刺されたらしく、本物の囃子好きだけが集まったんです」

「そうだったんですか」

紗栄子は落胆を隠しきれなかった。

そこに段ボール箱を抱えた昇太たちがやってきた。

「楽器と道具を運んでぎだ」

昇太とその仲間が段ボール箱を下ろした拍子に、中からじゃらじゃらという音が聞こえた。太鼓、笛、手振り鉦、そしてガガシコが入っている。ガガシコとはブリキ製の浅い円筒形をした容器で、跳人たちが囃子に合わせて叩くものだ。

内藤が「すいませんね」と言って頭を下げる。

「それじゃ、内藤さん、稽古を開始して下さい」

内藤に仕切りを託した紗栄子は、「昇太君、ちょっと来て」と言って、少し離れた場所に移動した。

囃子方の稽古場所には、よく青い海公園が使われる。稽古は音が付き物なので団体ごとに時間を決めて行われるが、祭りが近づくとそれどころではないので、そこかしこで稽古が行われるようになる。

内藤が標準語で話したので、二人も自然に標準語となった。

「見ての通りよ」

昇太が煙草に火を点けると、顔を背けて吐き出した。

「俺だって囃子方の頭数まではそろえられないぞ」

「分かっているわ。でも、これでは人手が足らない。どうしよう」

「なんで集まらないんだ」

「世話役さんによると、弁当や酒が出ないことが原因らしいのよ」

「そういうことか。でも予算が足らないんだから仕方ないよな」

　予算が足らないことが、早くも問題を発生させていた。しかし前もってそれを言わなければ、もっと問題は大きくなったに違いない。

「何かいいアイデアはない」

「跳人なら鑑別所の連中を動員できるけど、囃子方は経験者でないと務まらないからな」

　各団体の囃子方の入れ替わりは毎年一割程度なので、ベテランが新人をサポートすれば、十分にカバーできる。だが新人が大半だとどうにもならない。つまり頭数だけそろえればどうにかなるというものではないのだ。

「飲み食いを自腹でやってくれる経験者を集めねばならないのね」

　それがどれだけ厳しい条件かは、紗栄子にも十分に分かる。子供の頃、ねぶたには常に酒盛りが付き物だった。それはねぶたの作り手も囃子方も跳人も変わらない。囃子方や跳人が稽古の後に団体持ちで酒盛りをするのは、当然の権利のように思われているのだ。

――そうしたことが、いつしか既得権化していたのだ。

だが、それを今更言ったところで始まらない。

「こいつは難しい問題だな」

「うん。誰かに相談してみるわ」

「そうだな。俺も考えてみる」

二人で相談を終えた後、昇太と一緒に囃子方の稽古を見た。やはり経験者は段取りが分かっているので、稽古の必要もないほどだ。皆は笑顔で笛を吹き、太鼓を叩いている。

――音楽は人を幸せにする。

音楽を奏でる喜びだけで、この二十人余の人たちは参加してくれたのだ。

稽古が終わり、紗栄子が「皆さん、今日は初稽古でしたが、宴席を設けるほどの予算がなくて申し訳ありません」と言うと、「構わないよ」と言ってくれた。

それで初稽古は終わったが、親しい人たちは、そのまま居酒屋に流れていった。

――ごめんなさい。

紗栄子はその後ろ姿に頭を下げた。

七

仮設テントに戻ると、春馬と鯨舟と三人の仲間が針金をしごいて、適度な長さにカットしていた。針金は巻かれた状態で納品されるので、それをいったん直線に伸ばすのが最初の仕事となる。

「ごめんなさい。手伝えなぐで」

紗栄子も手伝おうとしたが、春馬が言った。

「ここは任せでぐれ。それより囃子方の稽古はどだっだ」

「それがね――」

紗栄子の話を聞いた皆の顔が曇る。

手伝いの一人の「田村のよっちゃん」が言う。

「去年までの振興会の囃子方は、半ば業務だったばって、今年は経営が苦しいんで業務扱いすねどなったがらな」

「そうなんですか」

紗栄子はそのことを知らなかった。

「そいだば土日すか稽古でぎねんだが」

「そだよ」

――これでは、振興会の所属企業に人を出してくれるようお願いするわけにもいかない。

振興会も自分たちのねぶたなので、意地悪をしているわけではないだろう。おそらく経営が苦しいというのは本当なのだろう。

春馬が鯨舟に頼む。

「知り合い、何どがならんが」

「十年前なら、何どがでぎだかもしれんよ。でもわいの知り合いは、今はあの世かよぼよぼだ」

春馬が紗栄子に言う。

「ねぶだ作りの手伝いは何どがなる。それより囃子方ばどうするが考えでぐれ」

「そだね」

そう答えてテントを出たが、紗栄子には囃子方に顔見知りもいないし、伝手もない。

全くあてがないので、紗栄子はアスパムの土産物屋で働く叔母の三浦千恵子に相談してみることにした。仕事柄、千恵子の許には、様々な情報が集まってくるからだ。アスパムでは笛や太鼓の無料講習会も行われており、囃子方予備軍の育成の場となっていた。そうしたことから、千恵子が何か知っているかもしれないという期待が、紗栄子にはあった。

「叔母ちゃん」と呼ぶと千恵子が振り向いた。

「紗栄ちゃん、どすだ」

「ちょっと相談があってな」

「六時で仕事終わるんで、少す待ってでな」

時計の針は午後五時五十分を指している。もちろん紗栄子は、千恵子の仕事が六時までと知ってきたのだ。

この季節の青森に来る観光客は少ない。それでも土曜なので、ちらほら観光客らしき人影も見える。

アスパム内をぶらぶらしていると、たいていは顔見知りなので、そこかしこで声を掛けられる。中には「まだ結婚はすねのがい」というものまであった。

——よきにつけ悪しきにつけ、これが故郷なのだ。

東京のオフィスで男性がそんなことを言ったら、セクハラとして抗議を受けかねない。だがここでは、言う方も言われる方も、そんなことを気にする者はいない。

ようやく六時のチャイムが鳴り、閉店となった。

「さっちゃん、食事でもすっがい」

「そうね」

千恵子と一緒にアスパムの上の階にある大衆食堂に向かった。居酒屋のような食堂に入って海鮮丼を頼むと、千恵子は「外食なんて久すぶりだ」と言って喜んでいる。

最初は饒舌(じょうぜつ)な千恵子のおしゃべりに付き合わされたが、うまく話題をねぶた祭に変えていき、そこから囃子方について尋ねてみた。

「それは困っだね。でも、わたすの知り合いは、みんな団体さ決まっでいるな」

紗栄子はがっかりしたが、それでも誰か空いていないか尋ねてみた。

「今年、やりだぐでもやれね人知らんが」

「そういえば、南さんどこのみかちゃんが、今年は『出られね』と言っでだな」

南さんとこのみかちゃんが誰だかは分からないが、紗栄子は構わず問うた。

「えっ、どすて、みかちゃんが出られんの」

「あの人の所属すでる団体さんが、今年は台を出さねんだと」

「出さねで、なんで」

「知らんよ。でも囃子方はがっかりだって聞いたよ」

――そうか、その手があったか！

紗栄子は千恵子を抱き締めたい心境だった。

「叔母ちゃん、去年出すて、今年出さね団体って分がるが」

「ああ、確か二つだよ。えーと――」

千恵子が二つの団体の名を言ったので、紗栄子はそれをメモに取った。

「叔母ちゃん、ありがとう」

「ありがとうって、おめ、まだ飯が残ってるよ」

「半分食べれば十分。乙女はダイエットだがらね」

「ここは払っどくね」と言って席を立った紗栄子は、もうレジのところまで来ていた。

背後から千恵子の「おめのももらうで」という声が聞こえた。

この後、紗栄子は今年出台しない二つの団体に連絡を取り、囃子方のリーダーに会うと、「うぢでやってもらえねが」と頼んでみた。

これに対して相手も快諾してくれた。もちろん手弁当で構わないとのことだった。

――囃子をやりたい人はいるんだ。

紗栄子はこの難題を二日で解決し、約百名に及ぶ囃子方の陣容が整った。

八

四月になって早々、新たな問題が起こった。

「とてもじゃないけど、俺に扇子持ちはできない」

ビデオを見ながら昇太が首を左右に振る。

「何を言っているの。あなた以外、誰がやれるというの」

昇太が標準語を使うので、紗栄子もそれに合わせるようになった。

「安易に引き受けちまった俺が悪いんだけど、聞いてみたら扇子持ちは、ねぶた師なみに特殊な技能が必要だっていうじゃないか」

ねぶたをどのように動かすか。その指揮者の役割を担うのが扇子持ちだ。すなわち大扇子とホイッスル一つで、ねぶたを曳く曳き子たちを自在に操らねばならない。

ねぶたは運行コースに出てから、左右に大きく蛇行して動かしたり、それを上げ下げしたり、交差点ではぐるぐる回したりする。観客に対し、ねぶたをいかに魅力的に見せるかが勝負だからだ。しかし紙の張りぼてにすぎないねぶたは壊れやすく、どこにもぶつけず、何の支障もなく運行を終わらせるのは容易ではない。道路には電線や信号機があり、どのポイントでどういう指示を出すかは、それぞれの経験から得られた秘伝なのだ。しかも曳き子は喧噪の中で、扇子持ちのホイッスルを聞き分け、一糸乱れぬ動きを見せねばならない。

ところが扇子持ちの昇太と友人たちは、ほとんどが初心者だ。

「駄目だ。俺にはできない。去年やった人に頼んでくれ」

昇太が悄然と頭を垂れる。

「それは無理よ。去年やった人は手際が悪くて、運行の配点が最悪だったんだから」

「俺も同じことになる」

「待ってよ。ビデオを見れば、どこで何をするか分かるでしょ」

「これは公式ビデオだから、扇子持ちの姿がすべて映っているわけじゃない」

「扇子持ちだけ映したビデオってないの」

「そんなの聞いたことないよ」

紗栄子が頭を抱えた時だった。

「帰ったぞ」

春馬が鯨舟らを引き連れて帰ってきた。

「おお、昇太がいだぞ。ちょうどいい。飲んでげ」

「飲んでげって、兄っちゃんは飲めんよ」

「分がってる。でも今日は進みがよがっだで、皆に振る舞いたい。紗栄子、酒と飯の支度しでぐれ」

「そんなこと言っだって――」

鯨舟が二人を見て言う。

「なんで深刻な顔してだんだ。まさが色恋沙汰か」

「違うんです。昇太さんが――」

「俺、酒と総菜を買ってくるよ」

昇太が立ち上がる。

「いいの」と紗栄子が問うと、「ああ、俺が行く」と昇太が答えた。

「扇子持ちのこと、皆に話そうか」

「そうだね。俺の口からは言いにくいから頼む」

鯨舟が再び言う。

「二人で何言うどる」

春馬がすかさず入る。

「昇太、行ってごい。話は紗栄子から聞いどぐ」

皆から金をもらった昇太が逃げるように出ていった。

「で、紗栄子、どすた」

「実はね――」

紗栄子が昇太の心配を皆に話す。

「それは困っだな」

「昇太君は自信を失ってる」

鯨舟が言う。

「どすれば自信取り戻せる」

「分がらん」

皆で茫然としているところに、昇太が戻ってきた。

春馬が言う。

「紗栄子から聞いだ」

「すみません。でも俺には無理です。ほかを当たって下さい」

「何があればできる」

「それは――」

紗栄子が口を挟む。

「扇子持ちの動きだけ撮影したビデオがあればできっが」

「扇子持ちだけのビデオか」

「まさか、そんなもんがあるんですか」

「どうだ安さん」

仲間の一人の安田という男に春馬が問う。

「うん。斎藤なら持ってるな」

「ああ、おたくの学校の斎藤さんは名人の誉れが高いがらな。確か弟がビデオをいつも撮っていだな」

安田の同僚の教員の斎藤は扇子持ちをやっており、どうやら自分ばかりを映したビデオを持っているらしい。

「うーん。でもわしがらは頼みにぐい」と言って安田が考え込む。

鯨舟は乾杯もせずに、昇太が買ってきた酒を飲んでいる。

「皆、はよ飲むべ」

春馬がコカコーラゼロに手を伸ばしたので、紗栄子は安心した。

「斎藤に頼めんが」

春馬が問うと安田が答えた。

「さすがに頼んでも、わしには貸しでぐれんよ」

「じゃ、斎藤が好ぎなもんは何だ」

「女だな」

皆がどっと沸く。

「独身なのが」

安田が得意げに言う。

「独身も独身。独身三十五歳。童貞がもすれんな」

酒が入ったからか、再び皆が沸く。

自然、皆の視線が紗栄子に向けられる。

「やめてよ。私は無理だ」

田村が笑みを浮かべて言う。

「さっちゃんは美人だから行げる。色仕掛けでビデオぐらい出すべ」

その後、皆で侃々諤々（かんかんがくがく）の議論の後、ようやく方法が決まった。

「そいでいご」

「兄っちゃん、でぎないよ」

鯨舟が酔った声音で言う。

「心配すな。皆で手取り足取り教えだる」

皆が一斉に沸いた。

本来ならセクハラ寸前の会話だが、つい紗栄子からも笑みがこぼれた。

九

先ほどから時間を気にして時計を見ていたので、スナック「JUNJUN」のママから怒られた。

「こういう店の女の子ば、時計見るもんじゃねえ」

「すいません」

一日だけとはいえ、初めてのスナック勤めで緊張する。もちろんバイト代はもらわないという約束だ。この日は、まだほかのお客さんが来ていないのが幸いだった。

「もう九時ね。安田さんたちなら、そろそろ来る」

さすがにママは、常連の安田が来る時間を把握していた。

その時、入口のカウベルが鳴った。

「あっ、いらっしゃい」

ママが愛想笑いを浮かべ、安田ともう一人を招き入れる。

「い、いらっしゃいませ」

紗栄子も慣れない笑みを浮かべて二人を迎え入れた。

「おっ、見ない顔だべ」

安田がとぼけた口調で言う。

「そうなのよ。みきちゃんはね、親戚の娘さんで、たまたま仙台から青森に遊びに来ていだんで、今夜だけ手伝いやってもらってるの」

ママが紗栄子のことを「みきちゃん」と呼ぶ。

「そうだっだか。美人さんなんで驚いだな。なあ、斎藤」

紗栄子が渡したお手拭きを使いながら、安田が斎藤の肩を叩く。

「ああ、うん。驚いだ」

「おい、仙台の人だぞ。学校のように標準語を使えよ」

安田とママが笑う。

「初めまして。みきと申します」

ママに教えられた通り、斎藤の瞳をのぞき込みながら紗栄子が自己紹介した。ママは別の客がやってきたので、そちらに行ってしまった。

「斎藤と申します」

さすがに「若手ナンバー1の扇子持ち」と呼ばれるだけあり、斎藤は精悍（せいかん）な印象だ。

安田のキープしているボトルを運ぶと、覚束ない手つきで紗栄子が水割りを作る。

それから三十分ほど世間話をした後、唐突に安田が切り出した。

「今年のねぶたは出るのか」

「もちろんさ」

斎藤が得意げに答える。

「こいつはね――」

安田が斎藤のことを「若手ナンバー1の扇子持ち」と紹介する。

「へえ、凄いんですね」

「いや、それほどでもありませんよ」

「斎藤、扇子持ちの仕事を話してやれよ」

「やめて下さいよ。先輩」

だが斎藤は、まんざらでもないようだ。

「教えて下さい。扇子持ちって何ですか」

「みきちゃんは、ねぶた祭を見たことがあるかい」

「ええ、子供の頃に一度だけ」

全く何も知らないというのも変なので、一回だけ見たことにした。

「ねぶたを誘導する役割を扇子持ちと呼ぶんだ」

「へえ、そうなんだ」

少し酔いが回ってきたのか、斎藤が饒舌になる。

「ねぶた作りも、ねぶた師さんたちのノウハウだけでやっている部分が多いけど、扇子持ちも同じようなものだ。その場の感覚でやっているように見えて、実際はこの交差点では、この位置でどういう動作をして、どうホイッスルを吹くかなどを頭に入れている。そうしないと電線や信号にねぶたが引っ掛かってしまうこともあるからね」

安田が口を挟む。

「斎藤は弟に自分の動作を撮影させて、事前に何度も見てから本番に臨むんだ」

「うわー、そこまでやるんですか」

「まあね。とにかく神経を使う仕事でね。その昔、振る舞い酒に酔った扇子持ちが指示を間違えて、ねぶたを電線に引っ掛けて焼いたことがある。その火の粉が近くの家にまで飛んで、ボヤ騒ぎになった。それから扇子持ちは、神経をすり減らすほどの仕事になった」

「うわー、ぜひ見たいです」

原宿辺りで見掛ける女の子のように、紗栄子が言ってみた。

「じゃ、今年のねぶたに来いよ」

「行きます。でも、ねぶた祭は固定された位置からしか見られないので、斎藤さんを追い続けることはできないんでしょ」

「ああ、そうだね」

安田が調子を合わせる。

「おい、どうだい。そのビデオをダビングしたＤＶＤをあげたら」

「えっ、だって扇子持ちばかり映っていて面白くないよ」

「だってみきちゃんは、斎藤の雄姿を見たいんだろう」

「うん」

できる限り可愛い素振りで紗栄子がうなずく。

「だったらどうだい。送ってやったら」

その時、ママが氷を運んできた。

「それならこの店に持ってきてよ。私もみきちゃんに送るものがあるから、一緒に梱包して送るわ」

「あっ、それならちょうどいいな」

それが仙台の住所を知らせない苦肉の策だった。

「そうだね。ダビングしたのをここに持ってくるよ」

斎藤はＤＶＤを持ってくることを約束した。

おそらく秘伝と言っても、絶対に秘密ということではないのかもしれない。要は昇太が自信を持ってくれればよいので、そのために扇子持ちだけを映したＤＶＤは必須なのだ。

ママが隣の席から言う。

「あら、みきちゃん、十二時よ。もう帰ったら」

「あっ、そうします」

「そろそろ俺たちも帰るか」

「そうですね」

ママがタクシーを呼び、二人を送り出した後、みきは大きなため息をついた。

「ありがとうございました」

「何だか分からないけど、これでよかったのね」

「ああ、はい」

ママに一礼した紗栄子は、「また遊びに来ます」と言って、「JUNJUN」を後にした。

——まるで映画に出てくる産業スパイだわ。

紗栄子は可笑しかった。

——あっ、もう雪が消えている。

路上の端々に集められていた雪が、いつの間にか消えていた。外に出ても寒さをあまり感じない。

——時間はあまりない。明日からがんばらなくては。

夏は確実に近づいてきていた。耳の奥に張り付いて離れない「ラッセラー」の掛声も、近頃は随分と大きくなってきたような気がする。

紗栄子は生暖かい空気を胸いっぱいに吸い込むと、明日からの新たな戦いに立ち向かおうと思った。

約一週間後、DVDは無事「JUNJUN」に届けられた。それを見た昇太は喜びをあらわにした。

「これなら大丈夫だ。どこで何をすればよいか、すべて分かった!」

昇太が自信を持ったことで、運行についての心配はなくなった。

十

看護師を引き連れて、神崎が病室に入ってきた。

「工藤さん、いかがですか」

春馬が笑みを浮かべて答える。

「とくにどこか痛いとか、気分が悪いということはありません」

「それはよかった。これから定期的に放射線治療を行いますが、よろしいですね」

「ああ、はい」

春馬の答は歯切れが悪い。放射線治療は抗癌剤などと違って、とくに苦しくはないと聞いている。

「それからテモゾロミド内服薬も併用していきます」

「ああ、はい」

神崎が落ち着いた口調で続ける。

「どのような脳腫瘍でも、治療の原則は腫瘍をすべて取り除くことです。最も効果的な方法は手術ですが、それができないとなると放射線治療と薬物療法しかありません。

工藤さんの場合、残った病巣の最大なものが四・五センチメートルほどなので、すぐにでも手術をすべきですが、腫瘍を大きくしないように放射線治療と薬物療法を行い、その後に手術となります」

「先生」と紗栄子が尋ねる。

「それでは放射線治療は、何センチくらいの腫瘍なら有効なんですか」

「最大三センチくらいですね。しかも最大でも四カ所くらいが限界ですが、春馬さんの場合、六カ所も残っているので、どれほど効果があるかは分かりません」

春馬が遠慮がちに言う。

「やらなくてもいいものなら、やらんでもいいです」

「やった方がいいに決まっています。よろしいですか」

神崎がハンディサイズのイルミネーターを点灯させると、レントゲン写真を挟んだ。

「工藤さんの場合、内頸動脈を取り囲むように大小六カ所の腫瘍が残っています。これらは視神経や脳幹に近接しているため、前回の手術では大事を取って取り除かなかったものです。これらが肥大化または数が増えると厄介なので、手術まで放射線治療で抑えに掛かります」

春馬が遠慮がちに問う。

「お金はどのくらいかかるんですか」

「放射線治療は保険が適用されますし、場合によっては高額療養費制度も利用できるため、負担はさほどではありません」

春馬は何も答えない。

「後は、工藤さんが酒と煙草をやめて食生活を改善することです」

「分かりました」

神崎は最後に笑みを浮かべると言った。

「すぐに手術した方が費用負担も安く済みます。でも致し方ないですね」

神崎が出ていくと、紗栄子が問うた。

「兄っちゃん、金の話なんてするもんでね。保険が使えっがら心配要らねはずだ」

「そじゃねえんだ」

春馬がため息をつく。

「何が問題あるのが」

言いにくそうに春馬が言う。

「実は、保険の自己負担分を払うのも苦すいんだ」

「えっ――」

いうのだ。

健康保険の自己負担割合は春馬の年齢だと三割だが、それさえ支払うのがきついと

紗栄子が絶句する。

――そんなに生活が苦しかったんだ。

「畳の注文も減ってぎでる。もう食べていぐのもかつかつだ」

確かに畳の需要は年々減ってきている。都心では畳のない住宅さえあるというが、そんな住宅が青森でも増えてきているのだろう。父親が元気な頃は注文をほかに回しても回しても、次から次へと注文が来て、父親がうれしい悲鳴を上げていたものだ。それが今では、生活を圧迫するほど注文が来ないらしい。

春馬が自嘲気味に言う。

「こいまでも生活ぎりぎりだっだが、この病気の治療で、貯金もすべて取り崩した」

「じゃ、こいがらどうすんのよ」

「放射線治療の回数、減らすでもらうべ」

「馬鹿言わないでよ」

感情が激すると標準語が出る。ふつうは逆だと思うが、その理由は紗栄子にも分からない。それだけ東京では、無意識裡に標準語を強いていたのだろう。

「金がねんで仕方ね。杏にも不自由な思いさせだぐねすな」

「そったごど言っても、治療すねど死んじまうんだよ」

「治療続げんなら、サラ金から金さ借りるすかね」

紗栄子は自分の貯金のことを考えていた。これまで懸命に貯めた貯金が三百万円ほどある。それを取り崩して青森で生活しているわけだが、背に腹は代えられない。

「高額療養費制度を調べでおく。でもすぐには難しいので、当面は私の貯金で何どがする」

　春馬は何も答えない。妹から金を借りることを屈辱だと思っているのだろう。

「兄っちゃん、命には代えられんよ」

「分がっどる！」

「じゃ、先生の言う通り、放射線治療受けでぐれんね」

「うん」と小さな声で春馬が答えた。

　それを聞いた紗栄子は安堵感から涙が出てきた。

「よがった。じゃ、金の心配はすないでな」

　紗栄子にとって春馬は常に憧れの存在だった。勉強はさほどできなかったが、図工と体育は常に5を取っていたので、先生からはいつも褒められていた。そんな春馬がこの世からいなくなるなど考えられない。

――本当はずっと青森にいたかった。でも、あのことがあってから、私はこの家にいられなくなった。

辛い思い出が脳裏をよぎる。

「紗栄子、恩に着る」

「何言うの。兄っちゃんと私は兄妹だ」

「うん」と答え、春馬が寂しげにうなずく。

「兄っちゃん、香澄さんに電話すだの」

「すでねよ」

「なんで」

再三にわたって香澄に電話するよう紗栄子は勧めていたが、春馬は生返事をするだけで電話をしていないようだ。

「すたぐね」

「何で意地張る」

「意地でね」

「香澄さんを呼び戻すてパートで働いてもらわねど、すぐに家計苦すくなるよ」

香澄に戻ってきてもらいパートで働いてもらわないことには、紗栄子の貯金だけで春馬の治療費は払いきれない。

「実はな——」

春馬の顔に苦悩の色が現れる。

「香澄が来でな。両親が離婚を勧めでるんだと」

「えっ」

全く予期していない一言に、自分の顔から血の気が引くのを感じた。

「香澄さん、いつ来だの」

「昨日だ」

放射線治療は一日で済むが、その前日に精密検査をしたので、春馬は前日から病院に入っている。紗栄子はずっと病院にいるわけではないので、紗栄子がいない間に、香澄が来たようだ。

「香澄さんも、なんでこったさ時さ離婚の話持ぢ出す」

「分がらんが、わいの将来がねど見越すたんだ」

「何で兄っちゃんの将来がねなんて言うの——」

「確がに無理もね話だ」

春馬が自嘲気味に続ける。

「もう畳屋では食っでいげんがらな。どっがに雇ってもらうにすても、わいの年じゃ正社員は無理。そうなれば季節工すかね」

日本の社会も家族も崩壊してきているとは聞いていたが、紗栄子にとって他人事だった。だがその波が今、足元に打ち寄せてきたのだ。

「兄っちゃん、香澄さんの気持ぢはどうなのよ」

「泣いでばかりで、よぐ分がらん」

「だって離婚は本人次第でねの」

春馬が黙り込む。「離婚」という言葉が出てきたのは、春馬にとっても意外だったらしく、動揺しているのが伝わってくる。

「香澄の両親が、今だば子連れでも再婚でぎるがもすれねで言ってるらすい」

——ということは、あてがあるんだ。

こうした場合、遠い親戚などで生活力のある独身の男性がおり、花嫁を探しているケースが多い。しかも紗栄子より少し年上の香澄の場合、再婚するなら女としての旬を過ぎる前と思っているのだろう。

「なすてこったさ時、そっだ話すてぎたんだろ」

紗栄子は泣きたくなってきた。

「畳屋では食っていげねど話すてあった折さ、この病気だ。あいづにすてみれば、なすて自分ばかが貧乏籤引ぐのが嘆ぎだぐなるのも分がる」

「兄っちゃんは貧乏籤じゃね！」

堪えていた涙が再び溢れる。

「貧乏籤さ。香澄には、何の取り柄もねわすんとごに嫁さ来で苦労ばかりさせでまった。そえでも杏を生んでぐれだ。そんだきでも香澄には感謝すてら。杏がいながったら、生ぎる寄る辺もねがった」

「兄っちゃん——」

そこに看護師がやってきて、放射線治療終了後の休息時間が終わったことを告げてきた。

紗栄子は春馬を助け起こすと、車椅子に乗せて駐車場に向かった。

十一

五月の声を聞くと、「ねぶた団地」こと正式名「ねぶたラッセランド」の設営が始まる。

以前は廃校となった青森中央高校の跡地があてられていたが、今はアスパムに隣接する「青い海公園」に設営される。

「ねぶた団地」が「青い海公園」に作られるようになったのは、青森市最大の観光資源としてねぶた祭が定着するにつれ、ねぶたの制作風景も観光要素となり得るということに、観光協会が気づいたからだ。ねぶた小屋が一カ所に集中すれば、観光客は集まりやすく、見学者がいれば制作側も気合が入る。そうした相乗効果を見込んだものだった。

ゴールデンウイーク後半に始まった「ねぶた団地」の設営は、手慣れた職人たちによって瞬く間に終わった。今年は全部で二十二の仮設小屋が造られた。毎年建設と解体を繰り返すのは、ここが公園の一部だからで、その手間と費用は馬鹿にならない。

「随分と広いのね」

ねぶた小屋に入った紗栄子の言葉に、田村が得意げに答える。

「ここは一棟あだり間口と奥行ぎが十二メートル、高さが七メートルもある。何も入っていなげれば広いスペースのように思えるが、作業始まるど足の踏み場もなぐなる。完成間近になるど、人がすれ違える隙間もなぐなる」

「へぇー、そうなんだ」

紗栄子は「ねぶたラッセランド」ができてからは、ねぶた制作に携わっていないので、そのあたりの雰囲気を知らない。

春馬は車椅子で小屋の中央付近に佇み、何かに思いを馳せている。その後ろ姿には、「覚悟」の二文字がにじみ出ていた。

——ここが兄っちゃんの戦場になるんだ。

しかもこの戦いが、春馬にとって最後になるかもしれないのだ。

「お待たせ！」

昇太とその仲間が、パーツを荷車に積んで運び込んできた。

外で煙草を吸っていた鯨舟もやってくると、「それはあすごに置げ。そいづはこごでいい」などと指示を出している。

春馬の負担を軽減するために、春馬にはねぶたの造形だけに集中させようということになり、その他の雑事は、紗栄子と鯨舟が担当することになった。

資材の搬入が終わると、次は骨組みが始まる。骨組みは角材で支柱を作り、その周囲に針金を張りめぐらせていく作業だ。針金の接合部は、指に木工用ボンドを付けながら巻いていく。以前は糸で結んでいたのだが、それでは手間が掛かりすぎるということで、いつしかボンドを使用するようになった。

「まずは土台からだ」

鯨舟の指示で土台作りが始まった。これは小屋の床に細めの角材を縦横方眼状に組み合わせていく作業のことだ。土台は運行に使う台車の天板と同じ大きさで、一つの方眼の大きさは二尺五寸（約七十五センチメートル）か三尺（約九十センチメートル）になる。

一日か二日で土台作りは終わり、ねぶた師は頭の中に描いていたねぶたの大きさを初めて実感する。

「春馬、土台と各部位との大きさは考えでいだ通りが」

鯨舟が問う。ここですでに下ごしらえしてきたパーツと土台を見比べながら、スケールの面で齟齬（そご）を来（きた）していないかを確かめる。

「大丈夫だ。こいでいい」

よほどデフォルメの激しいねぶたでない限り、この段階で問題が起こることはない。

時間は四時を回り、そろそろ初日の作業が終わる。

先ほどからパーツをいじっていた春馬から声が掛かった。

「紗栄子、今日は小屋開きだ。酒ど食事買ってこい」

「えっ、うん」

——そんなことしていたら、すぐに資金は底をついてしまう。

そう思ったが、今日くらいは仕方ないと思い直し、車に乗ってスーパーに向かった。

スーパーの中で食材を買い、カートを押して屋内駐車場に向かっていると、背後から声が掛かった。

「工藤じゃないか」

驚いて振り向くと、声を掛けてきたのは坂本幸三郎だった。祭りが終わるまで話をしない約束だが、声を掛けられたのだから仕方がない。

「久しぶり」

「こちらこそ」

二人は他人行儀な挨拶を交わした。

「今日は小屋開きだからな。ここに買い物に来ているのは、ねぶた関係者ばかりだ」

「そうだったのね。それで坂本君自ら買いに来たのね」

「ああ、手伝いに来てくれた皆のために、腕によりを掛けてカレーでも作ろうと思ってね」

坂本が二の腕を叩く。

「順調に進んでるようね」

「うん。俺も受け持ちは一台だから、スケジュール的にはきつくない」

「いいものが作れそう」

「もちろんさ」

ねぶたに関することはお互い口が重い。だが「ねぶた団地」ができてしまえば、題材から仕上がりまで隠しておくことはできない。ただしよほど親しくない限り、ねぶた師本人が他人のねぶた小屋を訪れることは珍しい。そこには、他人の作品を詮索しないという暗黙の了解があるからだ。

「その後、どう」

「どうって何が」

「彼女とか」

坂本が苦笑いを漏らす。

「そりゃ、付き合った人はいるさ。紗栄子はどう」

実は、紗栄子が東京で交際していた男性はいなかった。だがそれを正直に言うのは、プライドが傷つく。

「東京で一人いたわ」

「そうか。それはよかった」

どうやら、この話題も弾まないようだ。

それで共通の友人の話題や、春馬の様子といった話をした。

「そろそろ行くわ。あなたもでしょ」

「そうだな。もう飯は炊いてもらっているので、カレーを作るだけだけど、もたもたしていると、先に酒盛りが始まっちまうからな」

「じゃあね」

「ああ、またな」

その時、紗栄子は一つ聞いておきたいことを思い出した。

「坂本君」

去りかけていた坂本が振り向く。

「なんだい」

「ねぶたは『形を作るのでね。心を作れ』という言葉を覚えている」

「ああ、項星さんの言葉だな」

「うん。一つだけ教えて。どうやって心を作るの」

坂本は呆気にとられた顔をすると、続いて笑みを浮かべた。

「それは一番大事なことじゃないか」

「じゃ、企業秘密ね」

「いや、そういうわけじゃない」

坂本の顔が真剣になる。

「ねぶた、すなわち人形灯籠に心を入れるのは、魂を入れるのと同じだ。これまで名人たちは、そこに最も力を注いできた。それでも魂が入っていないねぶたもあった。それは選考委員や観客の心に訴えかけるものがなく、いかに出来がよくても評価されなかった」

「その魂を入れたいのよ」

もどかしげに紗栄子が言う。

「そのためには、ねぶた師個々の心を反映させるしかない。借金で首が回らなくなっていたり、離婚の危機に瀕していたり、病気と格闘していたり、そうしたねぶた師の心の苦しさをぶつけるしかないんだ」

――兄っちゃんの場合、それがすべて当てはまる。

厳密には借金はないが、生活資金はすでに底をつき始めている。

紗栄子はつい涙ぐんでしまった。

「分かったわ。それだけは自分で何とかするしかないのね」

「ああ、誰も助けてやれない」

紗栄子がうなずいてその場から去ろうとすると、坂本が問うてきた。

「春馬さんの奥さん、実家に帰ったんだってね」

「うん。杏ちゃんを連れてね」

「辛いだろうな」

「そんなの当たり前じゃない！」

恵まれた環境の中で仕事をしている坂本に比べ、春馬の置かれた状況が紗栄子にとっては可哀想でならない。そのため、つい感情がほとばしった。

「兄っちゃんは、坂本君の指摘したすべてがあてはまるのよ！」

坂本が息をのむような顔をする。

「でも兄っちゃんは、それをねぶたにぶつけるだけの気力も体力もないの。あなたが羨ましいわ！」

「そうじゃない」と言って近づいてきた坂本が、そっと紗栄子を抱き締める。懐かしい匂いが鼻腔に満ちる。

「俺だって楽に生きてるわけじゃない。俺だけじゃない。楽に生きてるねぶた師なんていない。みんな苦しみを抱えて生きている。あの熱狂の一週間のためだけに」

「ごめんね」

「いいんだ。確かに春馬さんは最も辛い立場だろう。だからこそ、その辛さ苦しさをぶつけるしかないんだ」

「それができたら、どんなにいいか。病気はすべてを奪い去るのよ。何もないねぶた小屋で、車椅子に乗って茫然と広い小屋の中を見ていた兄っちゃんには、気力が残っているのかどうかも分からない。まるで――、まるで老人のようだったわ」

春馬が可哀想で、止め処なく涙が溢れてきた。坂本は紗栄子の背を撫で続けた。

「でも俺たちは助けてあげられない。それは春馬さんが一人で克服しなければならないことなんだ。多分――」

坂本の言葉が強くなる。

「春馬さんは病魔を押さえつけ、気力を取り戻そうとしているはずだ。それをサポートしてやってくれ」

「うん」

坂本がゆっくりと体を離した。その時、別れた時の光景がよみがえってきた。

「もう一度、抱き締めて」

何も言わずに坂本は再び抱き締めてくれた。そのおかげで次第に落ち着いてきた。

「ありがとう。もう大丈夫」

「よかった。ねぶた祭が終わったら飯でも食おうや」

「そうね。どっちが勝ってもね」

「もちろんさ。じゃあな」

坂本が片手を上げると颯爽と車に乗り込んだ。愛車のトヨタランドクルーザー・プラドだ。

やがてランクルのごついフロントランプが点灯すると、坂本は去っていった。去り際に点滅させたハザードが、「がんばれよ」と言っているように思えた。

――ありがとう。がんばるよ。

紗栄子は春馬の軽自動車のキーを探した。

十二

次の段階は「柱建て」の儀式から始まる。面の位置に大黒柱を立て、神主を呼んで祝詞を上げてもらうのだ。この儀式をやらない団体も最近はちらほら出てきたが、家を建てるのと同じで、作業の安全と完成を祈って依頼する団体はまだ多い。そのため神主は、ねぶた団地を走り回って祝詞を上げる。

儀式が終わると、いよいよ作業が開始される。まず面の位置を決め、それに続いて手や足の位置を決めていく。形に応じて木材の支柱を入れていく作業が、それに続く。田村、安田、宇野の三人が支柱を入れていくのだが、その位置を春馬と鯨舟が「もう少し左」とか「もっと長の入れで」という指示を出す。

この作業を「木入れ」と呼ぶ。支柱は多く入れれば頑丈になるが、重くなりすぎれば運行の際に動きが鈍重になる。しかも多くの木を複雑に入れると、照明を入れる際に邪魔になる。こうしたトレードオフの関係が、常にねぶたには付きまとう。

ある名人は最初にジャングルジムのように角材を組み上げ、針金を張りめぐらせた後、不要と思える角材を切っていくという「引き算型」の方法を編み出した。ただしこの方法は自分なりの力学を掌握していなければならず、場数を踏んでいないと難しい。また最終的に、角材の三分の二ほどを破棄することになるので、資金が潤沢でないとできない。

こうした困難を克服していくのが経験と勘なのだが、造形が複雑な「修羅降臨」の場合、極めて難しい。

夕方になると春馬は疲れたらしく、口数が少なくなってきた。

「兄っちゃん、先に帰るべ」

「いや、まだだ」

鯨舟が言う。

「後は片付けだがら、気にせんで帰れ」

「じゃ、そうさせでもらう」

春馬がようやく納得した。

家に帰ると、芳江が食事の支度をしてくれていた。だが春馬は先に風呂に入るという。紗栄子が背中を流すと言ったが、春馬は一人で入れると言い張った。

それでも何かあったら困るので、芳江に風呂の外に立っていてもらい、その間に紗栄子は食事を食べ、春馬と入れ違うように風呂に入った。

風呂から上がると、代わりに芳江が風呂に向かい、居間では春馬が一人で茶を飲んでいた。時計を見ると十時を回っている。

「兄っちゃん、そろそろ寝だ方がいい」

「ああ、そうする。だがな――」

「どうがしだの」

「うん」と言ったきり、春馬が黙ってしまう。その両手に握られた茶碗に注がれているる茶は、ほとんどなくなっていない。

「頭が痛いの」

「いや、それは薬で治まってら」

「じゃ、香澄さんとのごとね」

「うん、いや、ねぶたのごどだ」

ねぶた小屋ができる頃から、ねぶた師の頭の中はねぶたのことしかなくなる。春馬もきっとそうなのだ。

「何が心配なの」

「自分でやらねばなんねごどまで他人任せだ」

「それは仕方ね」

「でもそれは、わすのねぶたでね」

指示を出しているだけの春馬にとって、自分のねぶただという感触がわいてこないのだ。

「そんなごどね。あれは兄っちゃんのねぶた╴だ」

「おめはそう言うばって、このままだど魂入らん」

昔から、ねぶた師はすべて一人で作業するわけではない。単純作業を手伝いの人々にやってもらうのは当然のことだ。そのためねぶた師には、それぞれチームのようなものができている。

「何から何まで一人でやるねぶた師なんでいねよ」

「それはそうだ。ばって自分のねぶたどいう感じがしねんだ」

ここ数日は「木入れ」や針金をめぐらせる作業になるが、春馬は作業を見ながら注意をするだけなので、何かを作り上げていく実感が湧いてこないのだろう。

「兄っちゃん、気持ぢは分がる。でも無理言っだらいげね」

「そったごどは分がってら！」

思わず力が入ったのか、春馬が茶碗を倒す。こぼれた茶を紗栄子が台布巾で拭き取った。

「兄っちゃん、落ち着いで」

だが春馬は別のことを言った。

「紗栄子、今の見だか。手先、痺れでぎで茶碗も握れね」

「どういうごと」

「こっそりやってみだんだが、もう針金も結べね」

どうやら春馬は手先が震えて針金も結べなくなっているらしい。これから墨書きや色付けというねぶた師の腕の見せ所を控え、絶望的な気持ちになっているのだ。

「もうねぶたどごろか、畳も編めね」

「何言ってる。そんなごとねよ！」

「わすは、ねぶだ師もやれんし、畳で食っていぐごどもでぎね。ただの役立たずだ！」

春馬が頭を抱える。

紗栄子が唖然としていると、やがてすすり泣きが聞こえてきた。

「兄っちゃん、泣かないで」

「わすにはもう何もね。ねぶだ作るごどさえ取り上げられだ」

兄のこんな姿を見るのは初めてだった。

――兄っちゃんは何事もひたむきだった。

紗栄子にとって、兄はいつも自慢だった。兄の背を見て育ち、兄からすべて学んできた。

――そんな兄っちゃんが何もかも失い、途方に暮れている。

「兄っちゃん、けっぱろうよ」

月並みな言葉しか出てこない自分が腹立たしい。

「もう、けっぱれねよ」

「ばって、みんなは兄っちゃんば勝だせるだめに必死になってぐれでら。その期待さ応えねど——」

「もう何もがも忘れで死にでんだ」

春馬が言葉を絞り出す。

「そったごど言わねで。今は苦すくても、それ乗り越えだらぎっと——」

「香澄ど杏が帰ってぐるどでも言うのが」

——それは分からない。

紗栄子が口をつぐむ。

「二人はもう帰ってごねよ」

紗栄子にも込み上げるものがあった。

「私が青森さ帰ってこねばよがったんだ」

「何言う」

「ううん、そうすれば兄っちゃんは、ねぶたが作れねがった。ねぶたが作れねば、きっと神崎先生の言うごども、おどなすく聞いでた」

「そんなごどね。もし今年のねぶたに参加できず、こんな有様になっでいだら、わいは――」

春馬が大きく息を吸い込むと言った。

「きっと自殺すでる」

「兄っちゃん――」

「ねぶたがあるがら、わいは生きでる。ねぶた祭に台出せなくなっだら、わいはしまいだ」

――ねぶただけが、兄っちゃんの生きるよすがなのだ。

健康、家族、仕事を失った春馬にとって、今年のねぶた祭に台を出すことだけが生きがいになっていた。

「兄っちゃん、やり抜こう」

「でも、わいはもう針金も結べね」

「針金なんてもんは人に任すでいい。兄っちゃんは、ねぶたに魂入れる役だ」

「わいに魂入れられるが」

「兄っちゃんじゃなきゃ、入れられねよ」

「そうか。お前はそう思うが」

「ああ、そうだ。あれは兄っちゃんのねぶただ」

春馬の顔が引き締まる。

「そうか。わいのねぶたか」

「兄っちゃん、やろうよ」

「ああ、やろう。何とすでもやってやる！」

春馬の瞳に闘志の灯がともった。

第三章　勇者たちの宴

一

平安時代に始まったとされる日本の都市祭礼は、神と共に町中（まちなか）を「練り歩く」ないしは「踊り歩く」ことにより、町から疫病（えやみ）を退散させる「御霊会（ごりょうえ）」の要素が強くなり、その行列には「練り物」と呼ばれる山車が付き物になっていった。

「練り物」は祇園祭の山鉾（やまほこ）に代表されるが、次第に人目を引く奇抜なものが好まれるようになり、「風流（ふりゅう）」と呼ばれる都市祭礼の基本概念が生まれた。

青森のねぶた祭は、港町の素朴な七夕祭りにおける「ねぶた流し」が次第に発展し、人形灯籠を台に乗せて市街地を練り歩くようになったのが始まりとされる。

もちろん異説はある。

一つは「田村麻呂伝承」と呼ばれるもので、坂上田村麻呂が蝦夷(えみし)征伐でこの地までやってきた時、蝦夷が神出鬼没でなかなか捕まえられなかった。そこで人形灯籠を作り、笛や太鼓でお祭り騒ぎをして、おびき出して討伐したという逸話だ。

もう一つは「藩祖津軽為信の大灯籠」というもので、為信が文禄二年（一五九三）、秀吉に拝謁すべく京都に行った折、たまたま盂蘭盆会(うらぼんえ)だったので、秀吉や都人を驚かせてやろうと大灯籠を作ったという逸話もある。

いずれにせよ人の集まるところに祭りは必要で、人の数が多ければ多いほど熱狂の際限はなくなる。

——その熱狂の中心にあるのが大型ねぶた、すなわち人形灯籠なのだ。

少しずつ形ができてくる春馬のねぶたを見つめつつ、紗栄子は手応えを感じていた。

面に続いて腕が支柱に取り付けられた。腕の高さや開く角度など入念に詰める。

下から春馬と鯨舟が指示を出し、台に上がった田村たちが調整する。それが確定すると、針金を固定する作業に移る。

固定作業をする者は、手首にボンドの入った容器をくくり付け、糸とボンドを使って器用に針金を巻いていく。腰には大工の使う腰袋を回し、カッターやペンチをすぐに取り出せるようにしている。

ねぶたの骨組みは針金の作り出す線だけだが、遠近距離を正確に把握し、線と線が織りなす死角の形が見えていないと調整ができない。それでも次第に目が慣れてくると、紗栄子にも針金だけで造形が見えてきた。

紗栄子の場合、子供の頃から針金だけのねぶたを見てきたので、その感覚を取り戻しただけだろう。

「紗栄子、『見返り』を見せてくれ」

春馬の車椅子を裏側に回すと、見返りが見えてきた。五月も下旬になると、いよいよ『見返り』にも取り掛からねばならない。それで全体の「骨組み」を終わらせてから、照明用の電気配線となる。

裏に回ると田村と安田が、針金を張りめぐらせていた。

「できてきたな」

春馬も満足げだ。

見返りは「阿修羅と帝釈天の戦いを心配そうに見る舎脂の図」だ。見返りは採点対象となりにくいが、あまり手を抜きすぎると、選考委員のねぶた全体のイメージが悪くなるので、丁寧に作り上げねばならない。

「あの、春馬さん」

振り向くと宇野が立っていた。

「なんだ」

「万一さ備えで、人形の頭と手のスペアさ作っでおいだ方がよいど思いますが」

「宇野君、ごめんね。でも兄っちゃんの思う通りにさせて」

「もちろんです」

余裕がある団体に限られるが、スペアパーツは重要だ。というのも突然、本番で雨が降ることもあれば、何らかの原因でねぶたが破損することもある。胴体部分は比較的作りが単純なので補修で何とかなるが、頭部と手足はそうはいかない。そのため余裕があれば、スペアを作っておいた方がよい。

「電気配線の時、片隅でやるべど思っでだんだがな」

「私にやらせて下さい」

春馬がしばし考えると言った。

「要らん」

「どうしてですか」

「わいがやるがらだ」

宇野が悄然と首を垂れる。責任感の強い春馬は、すべてを自分の手でやろうとしていた。

宇野が近づいてきたので、紗栄子が声を掛けた。

――宇野君も、いつかは自分のねぶたが作りたいんだ。

若者たちは、少ないチャンスをものにしながら階段を上っていく。それはどんな世界も同じだ。しかしねぶた師だけは、トップに立っても十分な報酬に恵まれるわけではない。専業のねぶた師がわずか二人という現状を見ても、それは分かろうというものだ。それでも若者たちは、情熱の焔を絶やさない。

――ねぶたには、金銭的な報酬以上の何かがあるからだ。

その何かに取り憑かれた者だけが、一流のねぶた師になれる。だがそれで得た栄光は、失業、借金、離婚といった人としての不幸と引き換えのものなのだ。

「春馬、今日はこんぐらいにすべ」

鯨舟が声を掛けてきた。

「紗栄子、スケジュールはどだ」

「遅れはほとんどね」

「電気屋はいつから入れっが」

「三日後に来でもらうごとになっどる」

「よし、明日からは骨組みの仕上げだ。今日はここで終わりにすべ」

それで、この日の作業はお開きとなった。

二

「お前ら、すっかりせんか！」

朝礼台の上に乗った昇太の怒声が鑑別所の校庭に響き渡る。へらへらしていた生徒たちが一瞬静かになるが、少しすると再びざわつき始める。

少年たちはトレパンにジャージ姿だが、昇太と六人の仲間たちは跳人の正装に着替えてきた。その姿が可笑しいのか、少年たちの間から笑い声が絶えない。

跳人の役割は祭りを盛り上げることだ。そのために目立つような恰好をせねばならない。そうなると女装が基本になる。

跳人の基本的姿は、浴衣の裾をたくし上げ、その下にピンクや水色の「オコシ」、すなわち腰巻を着ける。肩にも派手な色のタスキを掛けて袖をからげ、腰には主に黄色の「シゴキ帯」を結ぶ。足元は白足袋に草履で、足指と草履は脱げないように豆絞りの手拭いでくくり付ける。何と言っても特徴的なのは、頭にかぶる派手な花笠で、色とりどりの花をくくり付けている。

跳人姿の昇太が、朝礼台の上で声を張り上げる。

「跳人は遊びじゃね。立派なねぶたの出し物の一つだ」

跳人は、囃子に合わせて「ラッセラー、ラッセラー、ラッセ、ラッセ、ラッセラー」という掛け声を上げながら、踊り跳ねることで、観客を熱狂の坩堝に引きずり込む。そのためには動作などの統一が必要で、跳ね方も決まっている。子供のケンケンのように片足で跳び、掛け声を上げ続けるのだ。

昭和の頃は、だらだら歩くだけの跳人は行列から出されてしまったこともあったという。だが跳ねながら二時間も練り歩くのはきつい。

「いいか、ほかの団体がだらだら歩いでも、うちは二時間ぶっ通しで跳ねまぐってもらう。それでもいいという奴だけ連れでく。できねど思う奴は列の外に出ろ」

もちろん誰も出ない。単調な毎日を過ごす少年たちにとって、ねぶた祭に参加できるだけでも気晴らしになるからだ。

「性根据えで掛がれ！」

昇太がラジカセのスイッチを押すと、囃子方の演奏が聞こえてきた。

「ほれ、ラッセラー、ラッセラー、ラッセ、ラッセ、ラッセラー」

「ラッセラー、ラッセラー、ラッセ、ラッセ、ラッセラー」

四辺に散った昇太の友人たちが、少年たちを急きたてる。だが少年たちの動きは鈍重で、とてもやる気になっているようには見えない。

「昇太君、急には無理よ」

思い余った紗栄子が声を掛けたが、昇太は聞く耳を持たない。

「そんなごどはね。こいつらはこんぐらいでねと付いでごね」

「だけど、これじゃブラック企業だよ」

昇太が高らかに笑う。

「ブラック企業上等！」

少年たちはいずれ劣らぬ面構えをしており、紗栄子ははらはらしていた。だが昇太は頭から押さえ付けるように指導している。彼らの御し方を知っているのだ。

「いいか。約二時間ケンケンで跳び続けるのは楽でね。だがな、疲れね跳ね方があるんだ。それ見せるんで目開げでろよ」

昇太がケンケンを披露する。

「何が違うが分がらね」

一人がそう言ったので、少年たちが大笑いする。

「そうか。分がらねが。じゃ、お前らのと比較すでやる」

　昇太が彼らの跳び方をまねる。

「これで分がっだか。お前らはただケンケンしてるだけだ。もう一度、わいの跳び方を見ろ」

　そう言うと、昇太が腰と膝をうまく使った跳び方を披露する。

　少年たちの間から「へえ」という感嘆の声が上がる。

「足だけで跳ぼうとすだら十分でへだる。腰と膝をうまく使っで跳ぶんだ」

　昇太が力を込めて続ける。

「声張り上げで跳ねでるうちに回りど呼吸さ合っでぐる。そうするど、なすてが疲れでごね。これは医学的にも証明されでいで、興奮すてぐるど、ドーパミンどいう物質さ分泌されでぎで疲れ忘れさせるんだ」

「おめは医者じゃね」という声が上がり、またどっと受けたが、それを無視して昇太は続けた。

「だはんで、今は跳ね方を覚えるだけでいい。後は本番の熱気で何とがなる」

　その言葉を信じたのか、少年たちが個々に跳ね始めた。それを昇太の友人たちが指導する。昇太の友人たちは事前に跳人の名人に跳び方のレクチャーを受けているので、誰もがうまい。

「さあ、行くぞ。ラッセラー、ラッセラー、ラッセ、ラッセ、ラッセラー!」

だが少年たちは、気恥ずかしそうな笑みを浮かべて唱和しない。

「恥ずかしがるな。ラッセラー、ラッセラー、ラッセ、ラッセ、ラッセラー!」

朝礼台の上で昇太が飛び跳ねる。その様が面白いのか、どっと笑いが起こる。それでも昇太は平然と跳ねている。

しばらくすると、真ん中の方から「ラッセラー、ラッセラー」という声が上がり始めた。それを見た昇太がホイッスルを吹く。その音が少年たちの熱気を煽(あお)り始めた。掛け声は次第に大きくなり、少年たちは校庭の中心に押し寄せては引くことを繰り返し始めた。最初は照れ臭そうだった笑顔も、次第に心の底からのものに変わり、校庭は興奮の坩堝と化していった。

――これが祭りの興奮なのだ。

少年たちだけで、これだけ盛り上がるのだ。紗栄子は跳人をやったことはないが、祭り本番の熱狂の理由が分かる気がした。

朝礼台の上の昇太は流れ出る汗も拭かずに、声の限りに叫び跳ねている。

「やってるな」

「あっ、先生」

　背後から声を掛けてきたのは、所長の五十嵐だった。

「皆、楽しそうだな」

「ええ、生き生きとしています」

　少年たちは若いだけあって盛り上がるのも早い。跳人の正装を着けた昇太の友人たちが、盛り上がりの輪の中でもみくちゃにされている。

「今回は、県の方から様々な圧力があった。でも生徒たちのこうした姿を見ていると、それを跳ね返してよかったと思う」

「そうだったんですね」

「後は酒を飲んだり、逃げ出したりしないでくれることを祈るだけだ」

「きっと、大丈夫ですよ」

　彼らがそんなことをするようには見えない。だが万が一のことがあれば、五十嵐の責任となるので、警戒は厳にしなければならない。

　砂塵の中で少年たちは「ラッセラー、ラッセラー、ラッセ、ラッセ、ラッセラー！」と叫びながら、体を押し合いへし合いしていた。いつの間にか朝礼台の上にいた昇太の姿が消えていた。熱狂の坩堝の中に身を投じたのだ。

——これが祭りの興奮なのだ。

紗栄子は少年たちの喜ぶ姿を見て、心からよかったと思った。

三

六月になり、いよいよ電気配線が始まった。二十から百ワットの電球をねぶた一台あたり八百から千も取り付けるので、三日から五日の作業になる。

ねぶた師は「どこにどんな電気を使いたいか」を口頭で専門の電気工に伝え、場合によっては簡単な指示書を書く。それだけで電気工はねぶた師の意図を理解し、うまく配線してくれる。

ただし配線にも技量が必要で、ただ取り付ければよいというわけではない。

電線は支柱に沿って取り付けていくのだが、薄暗くなりそうな位置に電球を取り付けたい場合は、支柱を足していくこともある。支柱を足せない場所は針金を使ってソケットを延ばす。

電球は小さいので支柱の陰になれば暗くなる。そのため電気工は左右前後にある支柱に注意しながら取り付けていく。このあたりも経験と勘が物を言う。

ねぶた師としては明るい部分を多くしたい。だがバッテリーの容量は二万ボルトなので、指示書を書く段階で綿密に計算しておく必要がある。

電気配線が峠を越えると紙貼りが始まる。

「紗栄ちゃん、みんな連れでぎだよ」

「あっ、叔母ちゃん、すみません」

叔母の三浦千恵子が仲間を引き連れてやってきた。手伝いの人たちは、ほかの仕事を休んでくるので、パート代を出さねばならないが、格安でやってくれるのでとても助かる。

「紙貼りは任せなさい。おめの父っちゃの代がらやらされでいだんでな」

千恵子が大きな口を開けて笑う。

紙貼りには、奉書紙という丈夫な紙が使用される。奉書紙は和紙の一種で、さほど上質ではないが、絵の具がにじまず水にも強いので重宝されている。奉書紙は規格が決まっていて、縦三十九センチ、横五十三センチで、新聞紙の片面と同じサイズになる。これを一台のねぶたで二千五百枚前後使う。具体的に言うと、ねぶた一台で平均三百五十畳分の奉書紙が使われる。

紙貼りは、針金で形作られた骨組みにボンドで奉書紙を貼っていく作業で、誰にでもできそうだが、作業量は多い。

電気工が「帝釈天配線終了」と言うや、紙貼りの叔母さんたちが、わいわいとしゃべりながら、台に上って帝釈天に取り付く。一人が歯ブラシに木工用ボンドを付けて針金に塗り付け、続く一人が紙を貼ると、さらに一人がはみ出した部分をカッターや鋏(はさみ)できれいにカットしていく。ボンドの塗りつけは誰にでもできるように思えるが、実は多すぎても紙に皺が寄り、少なすぎると剝がれるので、その加減が難しい。ベテランは曲線の頂点など、剝がれやすい箇所を知っていて、そこだけ多めに塗っていく。

紙貼りも、皺が寄らないように貼っていくのは意外に難しい。

千恵子は高齢なので、下から指示を出している。

「紗栄子ちゃん、紙貼りはね、簡単そうに見えるけどそうでねの。針金は曲線なんで、平面さ貼るどするど、皺寄っだりする。すたばって曲線意識すすぎると、変にそごだげ膨らんでまう。だはんで、ここから見ながら、全体の中でどんな曲線出すか指示するしがね」

「こんなところにもノウハウがあるんだ」

「そうだよ。『神々は細部に宿る』って言うべ」

「ははは、その通りね」

その時、ちらりと春馬の方を見ると、目をつむってうたたねしていた。

——体力的に限界なのだ。

紗栄子が黙って車椅子を押すと、春馬が「どご行ぐ」と問うてきた。

「兄っちゃん、少す外の空気吸おうよ」

春馬が何も言わないので、紗栄子は車を押して海の見える場所に向かった。

この日は前日までの雨もやみ、空には青天が広がり、風も暖かい。

「兄っちゃん、たまには外もいいべ」

「ああ、今日は天気がいいな」

春馬が空を見上げる。

「そうだね。今年のねぶた祭は、ずっと晴れればいいね」

「ああ、それまで何とか生ぎられだらな」

春馬が自嘲的な笑みを浮かべる。

「何言ってる。すぐに死ぬような病気でねえ」

「でも、先のごどは誰にも分がんね」

春馬が寂しそうな眼をした。

——そう。先のことは誰にも分からない。

最近、紗栄子はねぶた祭が終わった後のことを考えていた。

――このまま青森にいて兄っちゃんを助けていくか。それとも東京に帰って再び自立するか。

紗栄子には、アニメーターになりたいという漠然とした思いがあった。子供の頃から絵を描くのが好きで、ねぶたの絵をいつも描いていた。それだけで競争の激しいアニメーターの世界で生き残れるわけではないが、絵を描くことを生業にしたいという思いはある。

――だけど兄っちゃんを見捨てるわけにはいかない。

香澄が帰ってこなければ、高齢の芳江が春馬の面倒を見ることになる。その負担は計り知れない。

――兄っちゃんは戦っている。それを助けないわけにはいかない。

様々な災いに立て続けに襲われても、春馬は懸命にそれを克服しようとしている。その支えに少しでもなってやりたいという思いが湧いてくる。

「兄っちゃん、人生は雨の日ばかりじゃない」

「おめ、なんで当たり前のごど言う」

「人生は悪いことばかりじゃないって言いたいんだ」

「あ、そういうごどか」

「だから今は、やるべきごどさ力を尽ぐそうよ」

「ああ、そだな」

春馬の顔に屈託のない笑みが広がった。

紗栄子は、少しでも長くその笑顔を見ていたかった。

四

ねぶた祭は、神社との結び付きがない珍しい祭りだ。人智や人力の及ばぬ存在である流行病(はやりやまい)や疫病(えやみ)の神々を鎮め、それらに村落から去ってもらいたいという切なる思いが、自然発生的な祭礼となっていったとされる。

ねぶた祭の起源の一つに、眠気を追い払いたいという願いから、「眠た」が「ねぷた」ないしは「ねぶた」に訛(なま)ったという説がある。ここで言う眠気とは、病や死を意味している。

——つまり飢饉(ききん)に陥りやすかった東北の人々の「生きたい」「生きてほしい」という切なる願いが、祭りという形で具現化されたのだ。

だが紗栄子は気づいていた。

実際に洗い流したいのは、欲望、憎悪、嫉妬、軽蔑、差別、傲慢、怠惰といった人々の内面から湧き出る醜い感情なのではないか。それらを一年に一回海に流すことで、人は浄化され、真人間として再生する。

だからこそ、ねぶたには「勇壮」や「華麗」といった人としての美しい部分だけでなく、「殺伐」や「グロテスク」といった人間の醜い部分があらわになっているのだ。

——ねぶた祭は青森人にとっての一年の節目だ。祭りによって心身ともに浄化されて生まれ変わり、新たな一年を生きていく。その時、必要なのは醜い感情を背負っていってもらう形代(かたしろ)で、それが人形灯籠になる。

祭りが終われば、人形灯籠は人に背負わされたものと一緒に海へと去ってもらわねばならない。その時、人形灯籠に対するやましさを人は持つ。だからこそ人は人形灯籠を美しく彩り、感嘆と賞賛を惜しまず送り出すのだ。

古代から祓(はら)いや禊(みそぎ)をする時、人は己の代わりに形代を流し、神に対して贖罪(しょくざい)をしてきた。それを大規模化したのが、ねぶた祭なのだ。

——そして祭りが終わった時、人は生まれ変わり、新たな一歩を踏み出す。

紗栄子の中で、「形を作るのでね。心を作れ」という父の言葉が輪郭を持って浮かんできた。

——醜い感情を形にするのだ。

それが人形灯籠の息遣いや鼓動を伝えていくことにつながる。勝負の分かれ目はそこなのだ。

——でも兄っちゃんの体で、それができるのか。

紗栄子はぎりぎりの戦いが、祭り初日まで続く覚悟をした。


七月になった。電気配線や紙貼りも終わり、ねぶたの形が見えてきた。

「兄っちゃん、いよいよできてぎだね」

車椅子に座り、俯いていた春馬に告げると、春馬は生気の失せた顔をゆっくりと上げた。

「ああ、そうが——」

「どした。大丈夫が」

「ああ、まだ薬が効いどるんで、頭がぼうっとすでる」

「じゃ、いったん家に帰るべ」

春馬が首を左右に振る。

「スケジュール押すどる。もう少すけっぱらせでぐれ」

「でも――」

「次は『書き割り』やるべ。支度すでくれ」

紙貼りが終わると、続いて「書き割り」と呼ばれる枠線を書いていく作業が始まる。

「無理すないよ」

「何言っどる。今やらんと間に合わん！」

ここのところ春馬は苛立つことが多くなっていた。頭痛は薬で治まるらしいが、その副作用で懈怠感(けたいかん)を催しているのだろう。やる気が出ない時に仕事をせねばならない辛さは、紗栄子にも分かる。

その時、「ごめんください」という声が出入口付近でした。

ねぶた小屋は出入り自由というわけではない。一般の観光客はテントに付けられた窓越しに中を見ることになる。

紗栄子が「はい」と答えながら出入口のドアを開けると、医師の神崎が立っていた。

「あっ、神崎先生」

紗栄子の声を聞いた春馬も顔を上げた。

「お邪魔じゃなかったかな」

「いいえ、大丈夫ですよ。どうぞこちらへ」

看護師一人を伴った神崎が、車椅子に乗る春馬の許にやってきた。

「春馬さん、どうですか」

「先生、わざわざすいません」

春馬がペコリと頭を下げる。

「通常は往診しないのですが、今回は特別にね」

「ありがとうございます」

春馬が腕を差し出すと、看護師が手際よく脈を測る。看護師がうなずいたので、とくに異常はないようだ。

「春馬さん、無理をなさってはいけませんよ」

「ええ、さすがに少し辛いです」

――やはり、そうだったんだ。

今の春馬は、今年のねぶた祭に参加すると決断した頃のコンディションではない。

「私もねぶたの制作過程を勉強してきました。正直な話――」

神崎は一瞬躊躇(ちゅうちょ)したが、思い切るように言った。

「ここからの作業を一人でするのは、相当の困難を伴います」

——つまり「無理だ」と言っているのだ。

神崎がわざわざ制作途中のねぶたを見に来た理由が、これで分かった。

「手伝いもいるので大丈夫です」

「でも春馬さん自ら、あの足場に乗ることもあるのでしょう」

神崎が、ねぶたの周囲に架かった足場を指して言う。

「そうですね」

「落ちたらどうするんです」

春馬が沈黙で答える。

「よろしいですか。今服用している薬はテモゾロミドと言って、副作用として軽いめまいが生じるケースがあります。つまり高所作業などもってのほかです」

「では、薬の服用を止めたらどうなりますか」

「それは——」

神崎がため息をつく。

「確かに、止めたからといって病状が進むとは限りません。でも春馬さんが飲んでいるテモゾロミドは抗悪性腫瘍剤で、実績のあるものです。副作用は軽い方ですが、個人差があります。どうやら春馬さんの場合、副作用が強く出ているようです」

以前に病院で説明を受けた時も、神崎はテモゾロミドの副作用として「軽い骨髄抑制（白血球や血小板の減少）」「吐き気」「便秘」「頭痛」「懈怠感」そして「めまい」を指摘していたが、その口調から深刻なものとは思えなかった。

むろん同時に吐き気止めや頭痛止めの薬も飲んでいるので、副作用は緩和されているはずだが、「懈怠感」や「めまい」のように、どうにもならないものもある。

「つまり私の場合、強い副作用が出てしまっているのですね」

「おそらくね。こうした薬の副作用は、人によって差異があります」

春馬が頭を垂れる。首の筋肉で頭を支えることすら厳しいのだ。

「服用を止めたら、副作用もなくなりますよね」

「仕方ないですね。では、客観的なデータをお伝えします」

友人のようだった神崎の声が、冷静な医師の声に戻った。

「テモゾロミドを使っているグループと使っていないグループの臨床試験の結果、使っているグループの方に平均で二・五カ月の生存期間の延長が見られます。また放射線の単独治療よりも、テモゾロミドとの併用治療により、ステージ４の二年生存割合が二十六・五パーセントに上っています。放射線の単独治療だと二年生存割合は十・四パーセントにすぎません」

「そうですか」

　数値が頭に入らないのか、春馬が疲れたように問う。

「つまり治療には、使った方がよいというのですね」

「そうなります」

「でも『めまい』がある限り、足場には乗れないし、やる気が起こらないと、ねぶたに生命（いのち）を吹き込めません」

　神崎がため息をつく。

「どれだけの期間、服用を止めたいのですか」

「今から祭りが終わるまでです」

「一カ月と少しですね」

　神崎が考え込む。

「実は懐具合も厳しいので」

「えっ」と言って神崎が啞然とする。

「テモゾロミドは、二〇一八年から三割負担の患者さんで一日三百ミリグラムを使用するとしても、月額三万一千五百円まで下がったはずです。それまでは七万五千円ですから、随分と――」

そこまで言って、神崎が口をつぐんだ。

春馬が苦笑いを浮かべながら答える。

「それだけでもきついんです」

さすがに月額三万一千五百円なら払えない額ではないが、お金の話をすると医師が黙るのを、春馬は知っているのだ。

思い余って紗栄子が口出しする。

「兄っちゃん、お金のことは心配要らないよ。たった一カ月分じゃない」

「お前は黙ってろ!」

春馬の怒声に、皆の作業の手が止まる。

「分かりました。でも病巣が悪化しても知りませんよ」

「薬の服用を止めるのは、自分の責任です」

「止めたからといって、突然元気になるわけではありませんよ」

「分かっています。でもこの『めまい』や『懈怠感』は薬のせいですよね」

「おそらくね」

神崎が真っ白なねぶたを見回す。

「春馬さんは青森の宝だ。この一年の勝負のために危ない橋を渡ってはいけないと、私は思うんですけどね」

「ありがとうございます。でも心の声が『今年が勝負だ』と言うのです」

神崎が苦笑いを漏らす。

「分かりました。それが生き甲斐になっているなら、薬よりもその方がよいかもしれません」

「ありがとうございます」

神崎が紗栄子の方をちらりと見ながら言う。

──私に何か言いたいんだ。

それに気づいた紗栄子が神崎の目を見る。

「一つだけ聞いて下さい」

「はい。何なりと」

「この病気は、脳という複雑な器官に巣くっているものです。つまりわれわれにも、極めて予想がつきにくい病気なのです。言い換えれば、突然病状が悪化すると、そのまま意識を失い──」

神崎が口ごもりながら続ける。

「つまり何があるか分かりません。だから些細なことでも気になったら、すぐに病院に来て下さい」

「分かりました」

二人のやりとりを聞きながら、紗栄子は春馬が危い状態にあることを覚った。

神崎が「それでは来週、病院で会いましょう」と言って去っていった。

「兄っちゃん、見送りに行ってぐる」

紗栄子が神崎の後を追う。

ねぶた小屋の外に出ると、活気がみなぎっていた。ほとんどが制作関係者なのだろう。それぞれが何らかの用事を抱えて、せわしげに歩き回っている。

神崎は左右の小屋に居並ぶねぶたを眺めながら、看護師と談笑しながら歩いていた。

「先生、すいません」

「あっ、工藤さん、どうかしましたか」

「いえ、あの、薬のことでお聞きしたいんですが」

「はい、何なりと」

「無理にでも飲ませた方がよいでしょうか」

「もちろんです」という答を期待した紗栄子だったが、神崎は意外なことを言った。

「難しいところですね。病気と闘うには、体力も気力も必要です。春馬さんが今年のねぶたに賭ける気持ちがある限り、病と闘うことができるかもしれません」

「では、どうしたら――」

「薬の投与で心が折れてしまったら、病にもコンテストにも負けてしまうかもしれません。つまり今は、ご本人の意思を尊重するのが一番かと思います」

紗栄子は最も気になる問いをぶつけてみた。

「兄は祭りまで持つんでしょうか」

神崎が天を仰ぐ。

「それだけは私にも分かりません。脳は人間の体で最も複雑な器官です。突然のことも覚悟しておいて下さい」

――ああ、やっぱりそうなんだ。

春馬が深刻な状態にあるのは、紗栄子にも分かる。だが担当医師から直接そのことを告げられ、初めてその深刻さが迫ってきた。

「先生、兄は助からないのでしょうか」

「術後生存率で言えば、五分五分です。もちろん早く手術をした方がよいのですが、それは私の提言です。どう判断するかは、ご本人次第です」

「そんなに深刻なんですね」

「はい。ご本人にはよく言っているので、ご存じだと思います」

「ありがとうございました」

紗栄子が礼を言って去ろうとすると、神崎が思い出したように言った。

「そうだ。薬には鎮静効果があるので、その服用をやめると感情の制御が利かないことがあります。できるだけ刺激をしないようにして下さい」

神崎はそれだけ言うと、「それではまた」と言って駐車場の方に去っていった。

――どうしたらいいの。

春馬に薬を飲むよう迫っても、春馬が聞かないのは目に見えている。紗栄子は途方に暮れていた。

ねぶた小屋に戻ると、「書き割り」の支度が整っていた。

「紗栄ちゃん、始まるよ」

出入口付近に立っていた千恵子が小声で言う。

「書き割り」の最初の一筆は、それだけ儀式めいたものなのだ。

紗栄子は介添えしようかと思ったが、すでに春馬は立ち上がり、鯨舟たちに左右から支えられていた。紗栄子はあえて近づかず、紙貼りの女たちと一緒に、春馬の最初の一筆を待った。

「書き割り」は「墨書き」とも呼ばれ、真っ白な人形灯籠に墨で主な線を描いていく作業になる。太い線で輪郭をはっきりさせることで、人形灯籠の顔つきや動きが際立ってくる。つまり人形灯籠に生命を吹き込む作業になる。

墨書きする場所は、人形灯籠の表情、手足の筋肉、着物の襟、裾、帯などだが、ここにこそ、ねぶた師の技量が発揮される。

春馬は立ち上がると、作務衣(さむえ)の袖をたくし上げ、細紐でたすき掛けすると、ねぶたに一歩一歩近づいていった。

最初にどこに墨を入れるかをすでに考えていたのか、片手に墨の入ったバケツを持った春馬は、阿修羅の右足の前に立った。

バケツを置き、刷毛(はけ)にたっぷりと墨を染み込ませると、春馬は大胆に最初の墨を入れた。固唾(かたず)をのんで見守っていた人々の間から拍手が起こる。

「書き割り」に使うのは刷毛と筆になる。太い線は刷毛を、比較的細い線は筆を使う。また「書き割り」は面からは入らない。特別な場合を除き面は最後になる。というのも面に墨書きを入れるのは、魂を入れるに等しい行為だからだ。

――兄っちゃん、ここまで来たんだね。

その一つの太い線から、阿修羅の全身に血液が広がっていくような気がした。

——ねぶたが目覚める。

それまで眠っていた人形灯籠が、「うん、どうした」という感じで起き上がってくるるような気がする。

春馬は何箇所か、そのパーツの軸になりそうな箇所に墨を入れた。だがしばらくすると、バケツを置いて車椅子に戻った。


「兄っちゃん、大丈夫が」

「ああ、根詰めで墨書きしだがら疲れだ」

それでも春馬の顔には、満足感が溢れていた。

——たったこれだけで、こんなに疲れてしまうんだ。

いくら気合を入れねばならない墨入れとはいえ、これほど疲れてしまう春馬に前途の多難を感じる。

「兄っちゃん、今日はここまでにすべ」

「でも遅れでるがらな」

「それは心配すないで」

「分がっだ」

さすがの春馬も、この日は早々に引き揚げることに同意した。

五

囃子方の内藤から電話をもらった紗栄子は、走ってアスパム前の練習場に向かった。

そこには青森ねぶた振興会の囃子方がたむろしていたが、いくつかの集団に分かれて何事か語り合っているだけで、とくにまとまった練習をしている様子はない。

「どうしたんですか」

「あっ、工藤さん」

内藤が泣きそうな顔で言う。

「吉田さんと有沢さんが口喧嘩してしまって――」

吉田と有沢とは、今年のねぶたに出ないと決まった二つの団体の囃子方リーダーのことだ。

「どういうことですか」

「すべてが違うんです」

「何が違うんですか」

内藤の気弱そうな顔を見ていると、つい詰問口調になってしまう。

「双方の団体の囃子の節やテンポが違うというのです。しかも吉田さんのところは手振り鉦を入れないそうで――」

どうやら双方は、流儀の違いから揉めているらしい。

「どうして擦り合わせられないんですか」

「いや、最初は『よろしく』と言い合って和気あいあいとしていたのですが、次第に『あれが違う、これが違う』となりまして――」

――そうなれば、青森ねぶた振興会の流儀に従わせるしかないのに。

内藤の不甲斐なさが腹立たしいが、紗栄子は丁寧に尋ねた。

「それなら、われわれの団体のやり方に従わせればいいんじゃないですか」

「われわれって、われわれですか」

「ええ。青森ねぶた振興会の囃子方のやり方はどうなの」

内藤は同年代なので、つい「ため口」になってしまう。

「われわれなんて、ほんの数年しかやっていない駆け出しです。あの二つの団体は十年以上の年季が入っています。とても口を挟めるものではありません」

「でも、われわれの団体に加わったからには、われわれの流儀に従わせるしかないでしょう」

「それはそうですが、『これが正調だ』と言われてしまえば、返す言葉はありません」

かつて囃子方も、その独自性を競い合っていた。記録に残っているだけで、笛を中心に七日分で五十三節もの拍子が作られていた。しかし、そんなにあっては覚えられないという声が上がり始め、昭和二十七年から正調へのまとめが始められ、昭和三十年に七節に統一された。これが「正調ねぶた囃子」になる。

「正調ねぶた囃子」の制定により、各団体の囃子が統一されるかに思えたが、正調を守っていくべき保存会が、「青森ねぶた正調囃子保存会」や「青森ねぶた囃子保存会に組」などに分裂し始め、さらに各団体が専属の囃子団体を抱えるようになったことで、正調と呼ばれている囃子自体が再び崩れ始めていた。

――どうしたらいいの。

だが囃子方について全くの素人の紗栄子が、どうこう言ったところで、双方は聞く耳を持たないだろう。どちらかを切ってしまえば、後々まで禍根が残るので、それもできない。

内藤が泣きそうな声で言う。

「もう僕の手に余ります。われわれの団体のメンバーも、『楽しくないからやめる』

と言っています」

「待って。二人を呼んできてくれる」

「吉田さんと有沢さんですか」

「そうです」

「私が呼びつけるのですか」

「あなたがリーダーでしょう」

紗栄子が強く言ったので、内藤が二人を呼びに行った。

二人は五十代で、それぞれ一家言ありそうな顔をしている。

――これは調整などできない。

紗栄子の直感がそれを教える。

「吉田さん、有沢さん、ご協力ありがとうございます」

二人が怪訝（けげん）そうな顔で頭を下げる。

紗栄子は自己紹介を済ますと言った。

「私は囃子について素人です。ですから囃子には口を挟みません」

二人の顔に「それみたことか」という色が浮かぶ。

「でも一つだけ願いを聞いていただけますか」

「ああ、はい」

二人が不承不承うなずく。

「では、私の車に乗って下さい」

二人が「えっ」という顔で内藤を見る。

「私は何も知りません。紗栄子さん、いったいどこに行くんですか」

「それは着いてのお楽しみ。内藤さんも来て下さい。皆さんには一時間のお昼休憩をあげて下さい」

二人がそれぞれの団体に休憩を告げに行く。

紗栄子が運転席に乗り込むと、助手席に内藤が座った。

「実は私もやめたいんです。あの人たちの鼻息が荒くて、仲立ちなんてできません」

「内藤さん」

紗栄子が強い調子で言う。

「あなたがリーダーなんです。しっかりして下さい」

「それは分かっていますが――」

「会社では管理職でしたよね」

「ええ、まあ。年功序列で就いたようなものですが、部下も二人います」

内藤が少し誇らしげに言う。

「だったら、あの二人が部下になったと思って下さい」

「そ、そんな」

そうこうしていると、二人がやってきて車に乗り込んだ。

車内に気まずい沈黙が漂う中、紗栄子は一路、少年鑑別所に向かった。

校庭では、ちょうど跳人の練習が行われていた。昇太たちが手取り足取り少年たちに跳ね方を教えている。中にはどっと沸いた後、「ラッセラー、ラッセラー、ラッセ、ラッセ、ラッセラー！」と唱和し始めるグループもあり、盛り上がってきているのが分かる。

それをしばらく眺めた後、おもむろに紗栄子が口を開く。

「ここにいるのは、少年鑑別所に入所している子たちです。彼らはねぶた祭の間だけ町に出られるというので、張り切って練習しています。皆さんの囃子で、この子たちは跳ね回ります」

紗栄子の意図に気づいたのか、内藤が口を開く。

「この子たちのために、囃子方も心を一つにしたいんです。確かにわれわれは寄せ集めで、初対面の方が大半です。お互い相手がどんな人で何を考えているかなんて分かりません。でもねぶた祭を成功させたい。その一点で気持ちは同じです。この子たちのためにも、力を合わせていただけませんか」

思いのたけをすべて出し切ったからか、内藤が肩で息をしている。

それだけで十分だった。

吉田と有沢は何も言わなかったが、すべてを理解したようだ。

その時、紗栄子たちに気づいた昇太が駆けてきた。

「あれ、どうした！」

昇太の顔は汗でびっしょりだ。

「囃子方を率いる方々に見学に来てもらったの」

「そうですたが。わしは――」

昇太が自己紹介すると、三人もそれぞれ名乗った。

続いて昇太が面白可笑しく跳人の練習のことを語り始める。昇太は囃子方の諍(いさか)いを知らないはずだが、三人の硬い顔つきを見て何かを察したのか、冗談を交えて説明する。おかげで三人の顔に笑みが浮かんできた。

帰りの車中では、互いにそれぞれの経歴などを語り合うまでになった。吉田の母方が有沢の出身地の出ということが分かり、二人は打ち解け始めた。

アスパムの前に着く頃には、二人は談笑しながら先に立って歩いていった。

「内藤さん」

「あっ、はい」

「さっきは恰好よかったよ」

「えっ、本当ですか。清水の舞台から飛び降りたつもりでした」

「その甲斐あって、これからはうまく行くわね」

「はい。僕がリーダーですから、リーダーらしく振る舞います。囃子方がだめで配点が悪くなるなんてことにはさせませんよ」

——よかった。

紗栄子は内藤の言葉が心底うれしかった。

六

「書き割り」の線は二種類ある。黒々と塗りつぶす「潤筆」と墨をかすれさせる「渇筆（かっぴつ）」だ。主に「潤筆」が使われるが、火や水が消えていく先端部を描く際などには

「渇筆」が主だったこともあり、今でも「渇筆」だけで通すねぶた師もいる。こうした線の選択だけでも、それぞれの美意識やこだわりが表れるのが、ねぶた制作なのだ。

　春馬の体力は、立ち上がるのが困難なほど落ちてきているので、紗栄子がバケツを持って作業を手伝った。ねぶたの周りをぐるぐる回りながら、春馬が筆を入れていく。

　いよいよ高所に筆を入れる段になり、春馬が足場に上ろうとした時だった。足場に片足を掛けた春馬が膝をつく。

「兄っちゃん」

　紗栄子が支えて転倒は防げたが、春馬はその場に座り込んでしまった。皆が心配そうにやってくる。

「大丈夫だ」

　そうは言うものの、春馬は汗をかいて肩で息をしている。

　薬の服用を止めたことで、「懈怠感」や「めまい」は治まっているらしいが、体力的にきつくなっているようだ。

「さて、行くぞ」

「春馬、やめでおけ」

鯨舟が春馬の腕を取る。

「でも、やらんと——」

「兄っちゃん、今日はやめとご」

「いや、病状は悪ぐなる一方だ。明日はもっとでぎねぐなる」

春馬がふらつきながら、足場を上ろうとした。

「兄っちゃん、そいだば私がやる」

「おめがか」

春馬は一瞬驚いたが、すぐに首を左右に振った。

「ねぶた師はわいだ。引き受けたからには、わいがすべてやる」

「そんなごどない。名人でも病み上がりの時は、お弟子さんにやらせでた」

実際に、そんな例はいくらでもある。

鯨舟が口添えする。

「春馬、無理すな。紗栄ちゃんにやらせ。何ら恥じるごどはね」

「うん」と言って春馬がうなずく。

常であれば、ここで意地を張るはずだが、春馬は素直に従った。病の辛さに、気持ちが挫け始めているのかもしれない。

「兄っちゃんの指示通りやるがら、兄っちゃんがやっだとおんなじだ」

紗栄子が足場に上ると、バケツを持った宇野がそれに続く。

「兄っちゃん、ここは潤筆だね」

修羅の胸骨の辺りを指して紗栄子が問う。

「ああ、そうだ。刷毛で勢いよぐやってくれ。勢いがねとだめだ」

刷毛に墨を含ませると、紗栄子が思い切って線を描く。

「兄っちゃん、どうだ」

「それでいい。その潤筆の下側さ渇筆で線並行させせろ。それは筆でやれ」

「太さは」

「少し細めだ。でも間を空げんな」

紗栄子が筆を走らせる。

「見事です」

宇野が小声で言う。

それを無視して紗栄子が問う。

「次はどこ」

「その線の先だ。修羅の左腕の線を刷毛で入れろ」

紗栄子の中で、何かが生まれ始めていた。それは何かを作ること、描くことの喜びに近いものかもしれない。

——これが「形を作るのでね。心を作れ」ということか。

胸底から次第に何かが込み上げてきた。それは表現欲求などという生易しいものではなく、生命の叫びのようなものだった。

人形灯籠がゆっくりと目を開き、体を動かし始めているのが分かる。

——俺に生命を吹き込め。

紗栄子はその命令に従い、墨を入れていく。

いつしか春馬は黙り、周囲も固唾をのんで見守っている。

——しまった。これは兄っちゃんのねぶただ。

慌てて声を掛けようとしたためか、紗栄子がバランスを崩しそうになる。それを背後から宇野が支える。

「紗栄子、慌でるでね！」

春馬の怒声が飛ぶ。

「兄っちゃんの指示がながっだから、勝手に墨入れてすまっだ」

「ああ、分がっでる。任せられるがら何も言わながった」

いつしか紗栄子は阿吽（あうん）の呼吸で、墨を入れていた。考えてみれば父項星の「書き割り」を幾度となく見てきた二人だ。春馬の意図を汲めるのは当然なのかもしれない。

やがて阿修羅の胸から下の「書き割り」が終わった。

鯨舟が春馬の様子をうかがいながら言う。

「今日は、ここまでにすべ」

春馬が何も言わないので、紗栄子は足場から下りた。期せずして拍手が湧き上がる。

「やめて下さい。私はただ――」

鯨舟がうなずく。

「さすが兄妹だ。以心伝心だな」

「兄っちゃん、こいでいいの」

「うん、ああ――」

春馬は俯いていたらしく、ようやく阿修羅に入った墨を見つめた。

「こいでいい」

それだけ言うのがやっとだった。

「兄っちゃん、帰ろう」

ぐったりした春馬を乗せた車椅子を押して、紗栄子は駐車場に向かった。

七

家に帰り、春馬を風呂に入れて食事を取らせてから、ようやくスマホを開くと、島田結衣が電話をかけてきていた。伝言ではないので、いろいろ積もる話があるのかもしれない。長電話になるかもしれないので、紗栄子も風呂に入り、急いで食事をしてから電話をした。

「私よ」

「あっ、工藤さん。忙しいのにごめんね。どうしてるかと思って」

島田の声を聞いただけで、あれほど嫌っていた東京が懐かしくなった。

「こっちはたいへんよ」

紗栄子が手短に近況を伝える。だが島田は上の空のような返事をするだけだ。

――自分のことを話したいのだ。

それを察した紗栄子が水を向ける。

「結衣ちゃん、そっちはどう」

「それがね。彼ができたの」

「えっ、誰」

「コミュニティで知り合った人なの」

「そうなの。四期生で新たに入ってきた人なんだけど、とても気さくで人懐っこくてね」

「よかったじゃない」

その後、島田ののろけ話をさんざん聞かされた。すでに三十分ほど話しているので、そろそろ引き時だ。

「あの、そろそろ――」

「それでね。その彼、もう会社で責任ある仕事を任されているのよ」

「あっ、そう。それはよかったわね」

それからさらに十分ほど引きずり、ようやく紗栄子は電話を切るタイミングを得た。だが電話を切ったら切ったで、寂しさが襲ってきた。か細くなっていた東京との縁が、断ち切られたような気がする。

――結衣も結婚に一歩一歩近づいているのね。

それに比べて自分は全くそんな気配のない生活を続けている。坂本にも、すでに彼女らしき存在がいるのだろう。紗栄子にも何となくそれは分かる。坂本と結婚して、こちらで生活するというイメージも湧かない。

ドライヤーをかけてから居間に戻ると、まだ芳江が起きていた。

「母っちゃん、早く寝な」

紗栄子が声を掛けると、芳江が肩を震わせているのに気づいた。

「あっ、どすた」

「どうもこもね。春馬が死ぬんじゃねがど思うと、夜も眠れんのさ」

この時になって、ようやく紗栄子は気づいた。

――母っちゃんも辛いのを堪えていたんだ。

父の生前から、芳江はねぶたと距離を取ってきた。あくまで背後から支えるという姿勢を崩さなかった。だから紙貼りを手伝ったりもしなかった。だから母の代わりに、父の妹の三浦千恵子が紙貼りの音頭を取っていた。

同じように春馬の代になっても、母は一歩引いて春馬と紗栄子を見ているような気がした。

――だが母っちゃんは、兄っちゃんのことが心配でならなかったんだ。

芳江が嗚咽を漏らす。

「春馬がわすに先立って死んだら、あの世で父っちゃんに合わす顔がね」

「母っちゃん、そんなごど言わねで」

「あの子は赤ん坊の頃がら丈夫だった。だはんで病気なんてすねど思ってでた。前がら『頭痛え』で言ってだのさ知ってでだのに、わすは『病院に行け』って言わねがった」

「何言ってでる。兄っちゃんは大人だ。病院さ行ぐ行がねの判断は自分でできる」

「わすが悪いんだ。わすが——」

「そんなごとね。母っちゃんは悪ぐね」

紗栄子にもたれ掛かり、芳江が泣き出した。その肩をそっと抱くと、懐しい母の温もりが思い出された。

「春馬が死んだら、わすも生きでいげね」

「そったごど言わねで。兄っちゃんは死なねよ」

だが紗栄子自身、その確信が持てているわけではない。

「どうすたらいいんだ。幹さん教えでぐれよ」

芳江が「幹さん」と言ったことで、紗栄子は父の本名が幹久だったことを、久しぶりに思い出した。

——父っちゃん、どうしたらいいの。

紗栄子自身が、それを父に問いたかった。

「母っちゃん、大丈夫。先生と兄っちゃんは、すっかり病状を話す合いながら進めでら。手術も、ねぶた祭が終わってからすぐやるど、兄っちゃんも言ってでら」

だがそれには何も答えず、芳江はすすり上げていた。

すでに芳江も六十九歳なのだ。東京の老人とは違い、ずっときつい仕事をしてきた東北の老人の衰えは早い。芳江の同年代でも、すでにケアハウスに通っている人もいる。だが芳江は比較的健康で身の回りのことも自分でできるので、紗栄子は全く心配していなかった。

――でもこれからは、私が支えなくては。

これまで平穏無事に過ごしてきた春馬の家族が瓦解していく様を、紗栄子は目の当たりにしていた。

――あれから香澄さんからも音沙汰はない。もしかすると、本気で離婚する気かもしれない。

春馬の家族の崩壊を押しとどめられない自分の無力さを、紗栄子は呪った。

八

最後に帝釈天の隈取りを潤筆で強調した紗栄子は、緊張の糸が切れ、足場の上でへたり込みそうになった。

「お疲れ様です」

同じように足場に乗ってバケツを持っていてくれた宇野が、言葉を掛けてくれた。

「ありがとう」

よろよろしながら足場を下りていくと、皆が拍手で迎えてくれた。その中には春馬もいる。

「兄っちゃん、どう」

「帝釈天の左腕の線を、もう少し濃くすでくれ」

「分がった」

もう一度、宇野と足場に上った紗栄子は、春馬が注文を付けた箇所を修正した。

「そいでいい。よぐやっだ」

春馬がうなずく。

足場から下りた紗栄子は、小屋の隅まで行き、距離を取って人形灯籠を眺めてみた。

——これを私がやったの。

自画自賛はしたくないが、かつて父が墨書きしたものと遜色ないように思える。

「自分で見て、出来栄えはどうだい」

鯨舟がやってきた。

「ええ、まあ」としか、紗栄子には答えられない。

「いい出来だ」

鯨舟が満足げにうなずく。

車椅子の春馬は少し離れた場所で、田村と安田を交えて何か語り合っている。

「紗栄ちゃん、どうやらこごから先は難すそだ」

「えっ、何がですか」

紗栄子には鯨舟の言葉の意味が分からない。

「春馬だよ。もう限界だべ」

紗栄子もそれに気づいてはいたが、鯨舟らも同じように思っていたのだ。

「もう気力も萎えできどる。ねぶた小屋に来るのも辛えのでねが」

「そうなんです。そえでも気力ば振り絞って来でいるんで、私は何も言えんです」

「あと半月と少すか。皆で何とかするすかねな」

　鯨舟がため息をつく。

　その時、春馬が紗栄子を手招きした。

「兄っちゃん、どした」

「明日から『ろう書き』だな」

「うん、そのつもりだ」

「あれは難すい作業だはんで、わいがやる」

「それは無理だよ」

　春馬が黙り込む。

「兄っちゃん、去年は自分でやっだの」

「ああ、田村さんと安田さんにも手伝ってもらっだ」

「だっだら任せだら」

　春馬の車椅子を押していた田村が言う。

「わすらもそう言っだんだが、春馬さんが聞かねだ」

「どすて兄っちゃんは、皆の言うごとば聞がね」

「そこまでやらすたら、わいのねぶたでなぐなるがらだ」

——兄っちゃんは、指示を出すだけでは自分のねぶただと感じられないのだ。

子供の頃から春馬は責任感が強く、何事も一人で黙々とやることを好んだ。そんな職人気質の人間にとって、指示だけで何かを作り上げるのは耐えられないのだろう。

「でも兄っちゃん、この後の『ろう書ぎ』ど『色付げ』は、ねぶた師が指示出すて皆にやらせるもんだべ」

「そいじゃ、わいの立場がなくなる」

「そったごどね。ねぶだ師は原案さ作り、それ完成させるだめに皆を動がすべ。そいでもねぶだは、ねぶだ師の作品だ」

春馬が首を左右に振る。

「そいじゃ、わいの居場所がねぐなる」

「春馬」と鯨舟が声を掛ける。

「紗栄ちゃんの言う通りだ。無理すだら本番まで体持たねど」

春馬が口惜しげに俯く。

「ばって、こいだば、無理すて出だ意味がね」

「春馬、そっだらごどね。こいつはおめの作品だ」

春馬が意を決するように言う。

「分がった。でも難すいどごろはわいがやる」

鯨舟が腕組みして言う。

「仕方ね。少すだげだぞ」

それで話はついた。

皆で翌日から入る「ろう書き」の支度に入った。

「ろう書き」には二つの目的がある。まず蠟（ろう）を塗っておくことで、色のにじみが防げる。だから「色付け」の前に行われる。同時に人形灯籠の内部にある電灯の通りをよくする効果がある。ねぶたが色鮮やかなのは、蠟の効果が絶大だからだ。

蠟はパラフィン（石蠟）を溶かしたものを使う。パラフィンとは、蠟燭やクレヨンの原材料のことだ。パラフィンは四十五度から六十度で溶けるが、すぐに固まり始めるので、タイミングが難しい。そのためここ数年、ねぶた師の間では、サーモスタットの機能の付いた容器を使うことが一般化してきていた。この容器に蠟を入れておくと冷めにくいため、常温よりも長く蠟が使える。

いくら安価な蠟とはいえ、経費に限界のある青森ねぶた振興会の場合、蠟を無駄なく使えるのは助かる。しかも去年購入した容器があるので、それを今年も使える。

だがサーモスタットの機能が付いたた容器も万能ではないため、温度調節が難しく、蠟を固まらせてしまうこともある。それを恐れて容器の温度を上げておくと、蠟はどろどろで扱いにくくなる。

ところが宇野は、去年の経験から外気温との兼ね合いで蠟の温度を何度に保つべきか計算していたので、その成果を利用することができた。


翌日、いよいよ「ろう書き」が始まった。紙の継ぎ目や針金の上の部分といったにじみやすい部分に蠟を丹念に塗り込んでいく。熱を持った蠟を透明な状態で紙に塗り込むためには、ある程度の筆の速さが必要になる。これもねぶた師の腕の見せ所で、「蠟を十分に塗り込める」と「必要以上に蠟を広げない」という矛盾した作業を行わねばならない。

春馬は筆を使い、主に墨書きの線に沿って蠟を塗り込んでいく。田村や安田は綿を丸めたものを使って、着物の文様などの枠線に蠟を施していく。

「そいじゃ塗りすぎだ！」

春馬の怒声が飛ぶ。

田村と安田は「分がっだ」と答えて、筆の動きを速くする。

小屋の中に緊張感が漂ってきた。

その時、春馬がその場に座り込んだ。

「兄っちゃん！」

紗栄子も鯨舟も、春馬を休ませるべく声を掛けるのを忘れていた。

「大丈夫だ。少す休めば、まだ動げる」

「でも――」

「ああ」と呻くと、春馬が顔を伏せた。

「どすた！」

「頭、痛え」

春馬が弱々しい声で言う。

「だから言わんごっちゃね。病院さ行ぐべ」

「行がん」

「じゃ、薬飲もう」

「いや、今はだめだ。飲めば頭がぼんやりする」

「じゃ、どうするの」

紗栄子は途方に暮れていた。

「蠟が固まらねうちに『ろう書き』すべ」

春馬が立ち上がろうとする。

──とても無理だ。

春馬の体調も心配だが、この状態では、「ろう書き」に失敗する可能性が高い。満足のいかないねぶたになってしまうと、出台前に大賞が取れないとはっきり分かるので、春馬の気持ちが挫けてしまうことにもなりかねない。

紗栄子が決然と言った。

「じゃ、ここさ座っでいで」

「だめだ。これだけは、わいがやる」

「いいから任すて！」

それでも春馬は立ち上がろうとしたが、頭を押さえて座り込んでしまった。

「兄っちゃん、私に任すて！」

「分がっだ。こいじゃ、わいがやっでも手元狂うで、おめにやっでもらうすがね」

さすがの春馬も折れた。それほど頭痛がひどいのだ。

「じゃ、見てでな」

春馬が置いた道具を手に取ると、紗栄子は人形灯籠に向かった。宇野がすかさず容器を受け取り、紗栄子の後に続く。

「ろう書き」は「書き割り」よりも繊細な作業になる。筆を素早く動かし、熱い蠟を透明な状態で紙に染み込ませねばならないからだ。

紗栄子は筆を握り、容器に浸した。指先が震えているのが、自分でも分かる。やり直しが利かない作業ではないものの、やり直すとなると、全体の調和を取らねばならないので、たいへんな手間がかかる。「書き割り」の線が一本でも入っていれば、その線が入った奉書紙をすべて入れ替え、その部分だけ「書き割り」からやり直さねばならない。つまり雨などで破れない限り、紙の貼り直しは行わない。

――父っちゃん、力を貸して。

しかもこの作業だけは思い切りが必要で、慎重にやればよいというわけではない。

突然、父の動作が脳裏によみがえる。随分と前に見たものだが、その手つきは鮮明に覚えている。

――私ならできる。

紗栄子は迷いなく蠟を塗り始めた。緊張の糸が張りつめたような静寂が、ねぶた小屋を支配する。

速度と集中力を要する作業なので、いちいち春馬の確認を取るわけにもいかない。

阿修羅と帝釈天が「しくじるな」と言っているような気がする。

——開き直るしかない。

紗栄子が筆を下ろすと、傍らの宇野が容器を開ける。筆を蠟に浸して出すと、宇野が容器の蓋を素早く閉める。

——あっ、どういうこと。

手が勝手に動き出す。これまで一度もやったことがない作業だが、勝手に手が動くのだ。

——父っちゃん、来てくれたか。

もはやそうとしか思えない。

紗栄子が主要箇所の「ろう書き」をするのと並行し、田村や安田たちも細かい箇所に蠟を塗っている。

春馬は鯨舟と千恵子に介抱されながら、紗栄子の作業を見ている。

それから三時間半、紗栄子は一心不乱に蠟を塗った。

——終わった。

この日は、ひとまず阿修羅の「ろう書き」を終わらせることができた。

「兄っちゃん——」

「紗栄子、ようやっだ」

　春馬はそう言うのが精いっぱいだった。

「ろう書き」が終わったのは七月二十日だった。梅雨が明けたからか、春馬は多少持ち直し、休むことなく小屋に入り、様々な指示を飛ばしていた。

　続いて「色付け」が始まった。

「色付け」は、ねぶた制作の作業工程の中でも、とくに華やかで楽しいものだ。この作業が始まると、手伝いの人たちの顔も明るくなる。

――皆の力で、人形灯籠に命を吹き込むのだ。

　だがこの作業も、容易なものではない。

　ねぶたの基本色は、赤、青、緑、黄、紫だが、これに濃淡を付けていくことで、様々なバリエーションの中間色が生まれる。どこに何色を使うと、どのように見えるかを見極めるのも、ねぶた師の技量の一つだ。しかも昼夜を問わず、見栄えのするものにしなければならない。審査対象は夜のねぶただが、審査員は昼のねぶたも見ているので、それを度外視するわけがないからだ。

　この作業を早く始めてしまうと色が褪(あ)せてきてしまうので、どのねぶた師も七月二十日前後を目途にして、「色付け」を始める。

しかも色によって褪せやすい色と褪せにくい色があるので、そのあたりの計算を緻密に行い、彩色順を決めておく必要がある。

紗栄子は春馬と相談しながら、細かくスケジュールを立てた。

この時も、昨年の宇野の記録があったので大いに助かった。経験と勘に頼りがちな春馬と違い、周到な宇野がいることは大きかった。

「色付け」で使用するのは、染料と水性顔料の二種になる。染料は粒子が細かいため染み込みやすい反面、褪せやすいという難点がある。

一方、水性顔料は色持ちがいいものの、染料に比べて色の映えがよくない。そのためどこに何色を、どちらの材料で使うかを綿密に検討せねばならない。

紗栄子は春馬の意向を聞きつつ、うまく段取りをつけていった。また筆だけでなくスプレーも併用するが、スプレーは色の浸透が悪いので、昼は鮮やかに見えても、夜になって内部に照明を入れると、色がはっきりしないことがある。そのため広くグラデーションを入れたい箇所などに使われる。

「兄っちゃん、後は皆に任せでな」

「そうはいがね」と言いながら、春馬は細かい指示を飛ばす。時には筆を持って足場に上ろうとするので、それを押しとどめて紗栄子が代わりに描いた。

「紗栄子、そこはぼかすべ」

「ぼがすって、どんぐらい」

「言葉じゃ無理だ。おめに任せるべ」

春馬の笑顔に、皆からも笑みがこぼれる。

「二度塗りは、下の色の濃淡出さんようにな」

「そだね」

――まさに二人三脚だ。

だがいつしか紗栄子は、春馬が言葉にする前に、その意図が察知できるようになっていた。

――兄っちゃんと私は、父っちゃんのねぶたを見てきたからだ。

だからこそ、無言のうちに春馬の意思が伝わってくるのだ。

紗栄子は作業に没頭した。

本番まで、残すところ十日ほどになっていた。

九

ねぶた祭は毎年必ず八月二日から始まる。そのため七月の最終週に入ると、日本各地に散っていた青森市出身者が里帰りしてくる。

アスパムのねぶた団地を中心にした熱気は、帰郷した人が増えるに従い、じんわりと周囲に拡散していく。

囃子方、曳き手、跳人らの練習も、町のそこかしこで行われ、深夜になるまで、町全体から楽器を鳴らす音や掛け声が消えることはない。

――この町の人は、この一週間のために生きている。

もし青森の夏にねぶたがなかったら、どうなっていただろうと考えたことがある。それは青森市民なら誰しも一度は考えることかもしれないが、答などない。青森の夏には必ずねぶた祭があり、それは青森市民にとって、何よりも大切なものだからだ。

七月二十九日、いよいよ春馬のねぶたが九割方完成した。この日の夕方には、神主さんに来てもらい、「魂入れの儀式」が行われる。

それを知ってか知らずか、彩色が施された阿修羅と帝釈天は心なしか生き生きとし、魂が入れられたら、今にも動き出しそうな気もする。

幼い頃、父の作るねぶたが完成に近づくと、次第に怖くなっていった記憶がある。

それは子供だけに分かることだが、実際に神が下りてきて魂が入っていたからなのかもしれない。

春馬のねぶたも、父が作ったねぶたのように、日ごとに実在感が増していった。

――もしかしたら大賞を取れるかも。

ねぶたの出来には十分なものがあり、紗栄子としては大賞を取ってもおかしくないと思う。だが紗栄子は、ここ数年の審査基準や傾向を理解しているわけではない。

ねぶたの審査と表彰は複雑だ。まず報道機関や有識者の中でねぶたに造詣が深い者二十五名以内が審査員となる。審査員の持ち点は百点となる。さらに文化団体などからの推薦者、並びに一般公募の二十歳以上の青森市民が、それぞれ二十名以内選ばれる。彼ら一般審査員の持ち点は六十点となる。賞は各審査員の配点の合計で決まる。

これだけなら問題は少ないが、それぞれねぶた本体に六十点満点、囃子に十五点満点、運行・跳人に二十五点満点で採点していくので、極めて面倒で感覚的にならざるを得ない。

そのため名人や上り調子の若手に点数が集まりがちで、名人位のない五十歳以上のねぶた師の点数は不当に低くなってしまう。それゆえ運行団体は若手ねぶた師を選びたがり、中堅どころが消え去る要因にもなっていた。

「鯨舟さん、どうだが」

「そうだな」と言いつつ、胸ポケットから煙草を取り出そうとした鯨舟が、思い出したように手を引っ込める。

「こっだもんは手前贔屓(びいき)になるんで何ども言えねが、上さ行ぐものなのは確がだ」

鯨舟が言う「上さ行ぐもの」とは、「上位入賞の可能性が高いもの」という意味になる。

――でも、ほしいのは大賞なのだ。

春馬には来年がないかもしれない。だからこそ今年、大賞を取らせてあげたい。

小屋の隅で車椅子に乗ったまま転寝(うたたね)している春馬を見ると、どうしても勝たせたいと思う。

その時、出入口付近で「こんにちは」という声が聞こえた。

――振興会の人たちだ。

紗栄子が慌てて飛んでいくと、案に相違せず、振興会の理事の面々がいた。

「いやー、どうもどうも」

三上が金歯をせり出すようにして笑う。その背後には桂木と二階堂がおり、それぞれ一升瓶や果物籠などを提げた社員らしき人たちを引き連れている。

「わざわざありがとうございます」

気まずい関係とはいえ、運行団体は尊重せねばならない。紗栄子は春馬に代わって丁重に頭を下げた。

「すごいのができあがりましたね」

二階堂がねぶたを見上げて感心すると、桂木は春馬の様子を聞いてきた。

「魁星先生（春馬）の具合はどうですか」

「一進一退で――」

ちょうど宇野が春馬の車椅子を押してきた。

「みなさん、よくぞお越しいただけました」

春馬が精彩を欠いているのは一目瞭然だ。

三上が春馬を鼓舞するように言う。

「今日は『魂入れの儀式』だというので、仕事をほっぽり出してきました。魁星先生が病を押して、これだけのものを作られたんだ。祝いに駆けつけなくては男が廃る！」

妙なイントネーションの標準語でそう言うと、三上が呵々大笑した。とくに面白い冗談とは思えないが、一緒に来た連中が仕方なさそうに笑う。

まだ細部の仕上げが終わっていなくても、一般的に八割方の完成を見ると「魂入れの儀式」が行われる。文字通り、この儀式は造形物でしかない人形灯籠に魂を入れるものとなる。いわば単なる紙製の人形が神になる通過儀礼の一種だ。

またこの儀式は、運行団体が正式に参加する初めての行事であり、ねぶたがねぶた師の手を離れ、運行団体のものになる瞬間だ。しかしそれはあくまで建て前で、祭りが終わるまで従前通り、ねぶたは制作関係者が管理する。

「皆さん、ありがとうございます。まもなく神主さんがいらっしゃいますので、こちらにお掛け下さい」

狭いねぶた小屋だが、何とかパイプ椅子を十二ほど入れられた。それでも足らないので、制作にかかわった者たちは後方に立つことになった。そこで席の譲り合いなどをやっていると、神主が到着した。

ねぶたの前に簡易な神棚が用意され、差し入れの清酒や果物が置かれている。春馬の乗る車椅子が最前列の中央に押されてくると、神主が厳かに正面に立ち、祝詞の奏上を始めた。

それまで単なる作業場にすぎなかった小屋内に、厳粛な雰囲気が漂い始めた。まさに神々を呼び寄せるかのような神主の声に、参列者たちも緊張に包まれていく。

——どうか下りてきて下さい。

紗栄子も心中祈った。

これまで賑やかだった小屋が、突然神域になったような気がする。

ようやく父の言っていた『形を作るのでね。心を作れ』という言葉の意味が理解できたように思えた。

この儀式は「神々を下ろす」ので祝詞も長い。それがようやく終わると神主が下がる。これで儀式は終わった。

阿修羅と帝釈天が、これで意思を持った生き物になったような気がする。

出入口付近で、神主が関係者に頭を下げている。

——いけない。ご祝儀を渡さねば。

神主がぐずぐずしている理由を覚った紗栄子は、神主を呼び留め、あらかじめ用意していたご祝儀袋を渡した。

それが終わると、宴席となる。

瞬く間に神棚は片付けられ、酒食の準備が始められた。といっても予算に限りがあるので、たいしたものは出せない。

紗栄子が手伝いの主婦たちと一緒に立ち働いていると、外からいくつものケータリング容器が運ばれてくるではないか。

——うちじゃない。

ケータリングサービスの配達人が小屋を間違えたと思った紗栄子が、慌ててそちらに向かおうとすると、三上に呼び止められた。

「工藤さん、せめてもの心づくしです」

「えっ、では皆さんが——」

「ははは、このくらいはさせていただきますよ」

「申し訳ありません」

予算を決める時は諍いもあったが、いざとなると団体は頼りになる。おそらく理事たちのポケットマネーだろう。

三上たちはそれぞれ春馬に激励と慰労の言葉を言うと、小屋から出ていこうとした。紗栄子は引き止めたが、三上は「われわれがいるとリラックスできんでしょう。後は皆さんでお楽しみ下さい」と言って小屋を後にした。

その配慮に感謝した紗栄子は外まで追いかけていき、何度も礼を言った。

小屋に戻ると、早くも酒盛りが始まっていた。車座になり、口々に完成したねぶたを褒めたたえるが、春馬の反応は鈍い。笑顔を浮かべているが、どうも発言している者の言葉が頭に入ってこないようだ。

――薬を飲んでも飲まなくても、あまり変わらない。

ねぶたの色付けの時は緊張状態にあったためか、細部にわたって注文を付けてきた春馬だったが、それが終わるとほっとしたのか、心ここにあらずといった様子だ。

「兄っちゃん、帰るべ」

「いや、まだいる。わいがおらんと皆もしらげる」

「そったなごとねえって」

「いや、いる」

「ばって、無理すねで。明日がら仕上げだ」

「分がっどる！」

春馬が怒ったので、周りも急に静かになった。

――兄っちゃんは感情を抑えられないんだ。

薬の服用をやめたことで、春馬は感情の制御が利かなくなっているようだ。

「兄っちゃん、ごめんね」

「ああ」

紗栄子から謝ることで春馬が大人しくなるのは、子供の頃から変わらない。

それから三十分ほどして、誰ともなく「そろそろお開きにすべ」と言い出し、酒宴は終わった。春馬は最後まで残れたことに満足したようだが、その顔色は冴えない。

宇野が春馬を介添えして車に乗せてくれるというので、紗栄子は手荷物を持って後に続こうとした。その時、鯨舟から「紗栄ちゃん」と呼び止められた。

「何です」

「うん、たいしだごどじゃねが、春馬は一度もねぶた見ながっだな」

「えっ、どっただごどだが」

「気づかながったのがい。ねぶだ師どいうのは、自分の作ったねぶだの出来栄えさ何度も確かめだがる。だはんで酒飲んでる時ばって、何度もねぶだの方ば見る。だが春馬はそうすね。何が心さ引っ掛がりがあるんでねがど思ってね」

「おそらぐ、もうそごまでの気力がねんだど思います」

「そうが。でも、あえで見ねよにすてるような気がすた」

昨日までは色付けの作業が続いたので、春馬はねぶたを見ていた気がするが、確かに今日は見ていない気がする。

「紗栄ちゃん、心配すな。ここまで来だら春馬は大丈夫だ。さあ、明日三十日は最後の仕上げすて、あさっては台上げだな」

「はい」と紗栄子が元気よく答えた。

「今回は、八月三日がらの出台だっだのでよがったです」

ねぶた祭は八月二日から七日の間に行われる。その間、すべてのねぶたが出ているわけではない。昨年の場合、八月二日は十五台、三日も十五台、四日は十八台、五日は二十一台、六日は最大の二十二台、そして最終七日は十七台が出た。

審査は五日に行われるので、入賞したねぶたにとって、六日と七日は「お披露目運行」という晴れの舞台になる。そして七日の夜、最も美しい「ねぶた流し」が行われる。

審査対象となるためには、最低でも四日間の運行をやらねばならないが、上限はないので六日間すべてに出す団体もある。また六日だけは、全ねぶたの出台が義務付けられている。

それぞれのねぶたの休みの日は、個々の申請と本部の調整によって決まるが、雨などに降られた場合の修理を考慮し、どの団体も中日（なかび）のどこかで休みを入れたがる。跳人や囃子方の息抜きも必要だからだ。

しかし紗栄子は春馬と鯨舟と相談し、初日となる二日に休みをもらった。春馬の具合によっては遅れる可能性もあると思ったからだ。その代わり三日から七日まで五日間にわたって連続して出すことになっている。

「そうだった。三日に出るんだど、少す余裕があんな」

そう言うと、鯨舟は皆の輪の中に向かった。

皆に酒宴の片付けを託して車に戻ると、春馬と宇野が車の窓越しに話していた。

「宇野君、ありがとう。もう帰っていいわよ」

「はい。でも片付けもありますから」

宇野が小屋の方に戻っていく。

早速、運転席に乗った紗栄子が「遅くなってごめん」と言うと、春馬が「ああ」と生返事をした。

「兄っちゃん、何考えどる」

「ううん、なんも――」

「いんや、なんか考えでる」

紗栄子がイグニッションキーを回すと、軽自動車は軽快なエンジン音を響かせた。

「考えでないごともね」

「だから何さ」

車を走らせながら問うと、春馬が疲れた声で言った。

「何がすっくりごねんだ」

「すっくりごねって何が」

「去年のように、何がら何まで自分でやれだら手応えもあった。大賞取れんでも納得がいぐ。だが今年は何がら何までおめらに任せでら。こいがわいのねぶただどいう実感が湧がねんだ」

春馬は人一倍職人気質が強いので、何もかも自分の手でやらないと気が済まない。

「兄っちゃん、台三づも任されでるねぶだ師は、ほどんどの作業さ誰がに任せでるべ。それに慣れねど、先々何台もやれねよ」

「わいはそったの好ぎでね。一台でいんで、自分がやったどいう実感ば持ぢで」

――それが兄っちゃんなんだ。

専業のねぶた師は、三台やってどうにか一年食べていける。それでも家族がいたら生活はかつかつだ。複数台受け持つということは、何事も要領よくやる必要がある。

「そっだら兄っちゃんには、専業は無理だ」

「おめに言われだぐね」

春馬がすすり上げている気がしたので、紗栄子は慌てて車を路肩に停めた。後続車が怒りのクラクションを鳴らして通り過ぎる。

「兄っちゃん、どすた」

「わいがねぶた師に向いてねのは、わいが一番分がってる」

「ごめん」

「もう、ほっどいてぐれ」

春馬が泣き出した。

今年のねぶたを自分の手で作れなかった悔恨は、もちろんあるだろう。だが帰ってこない家族や病気への不安が、春馬を追い詰めているのは間違いない。春馬は、そうした多くの苦しみを、一人で支えきれなくなっているのだ。

「兄っちゃん、泣かないで」

体をひねって春馬に触れようとしたが、春馬は紗栄子の手を振り払った。

「ほっどいでぐれ。わいは去年のように元気な体で、ねぶだ作りだがった。それがでぎだば命も要らね。こった中途半端な形で、ねぶだ作るぐらいなら、今年は出ねばよがったんだ」

「兄っちゃん、それは違う。みんな兄っちゃんのためにがんばっだんだよ」

「それが辛いんだ。わいはみんなの期待に応えられね」

春馬が嫌々をするように首を左右に振る。

紗栄子は慰めの言葉も失い、黙って車を発進させた。

――とにかく寝かせよう。疲れが取れれば、また前向きになれる。

冬の寂しさが嘘のように活気に満ちた通りの灯を左右に見ながら、紗栄子は車を走らせた。

十

七月三十日となった。ここまで紆余曲折あったものの、日のあるうちに細部を仕上げれば、夜には完成となる。皆の顔は明るく、そこかしこから笑い声が聞こえてくる。

小屋の外に出れば、それぞれのねぶた小屋の前で、ねぶた台の組み立てが始まっていた。

ねぶた台はゴムタイヤの二輪車で、上部はねぶたを載せる大きな天板となっている。台車の中央部には発電機が内蔵されており、それによって人形灯籠の内部のランプが点灯する。

ねぶたを曳く「曳き棒」は前後に取り付けられているが、前は長く後ろは短い。前進する力を前部が担い、後部は曲がる際などの補助をするだけだからだ。

小屋の前面を覆っていたシートが取り払われている小屋もあり、朝日差す中、どこも仕上げ作業に入っている。

青森が最も活気づく季節が到来したのだ。

「修羅降臨」も仕上げ作業に入った。

仕上げ作業は、褪せてきていると思われる色を強く上塗りしていく作業が主だ。だからねぶたを外に出すか小屋の前面の幕をすべて引き上げ、陽光の下で細部までよく見る必要がある。

鯨舟が春馬に声を掛ける。

「春馬、幕上げるべ」

「いや、中でやる」

「どすて」

「まぶすいんだ」

春馬にとって夏の陽光はまぶしすぎるのだ。

紗栄子が口添えする。

「鯨舟さん、中で仕上げよう」

「そいだばそいでいい」

鯨舟は納得いかないようだったが、前面の幕も取り払わずに最終作業を行うことになった。

春馬は車椅子の上から指示を出し、その意図を確かめた後、紗栄子が筆を揮う。

車椅子が入らない場所では、宇野に体を支えられた春馬が人形灯籠の下に入り、様々な角度からチェックしていく。それを聞いた紗栄子が足場に上り、春馬の意図を反映させる。

「ここ髭は少すぼがすすぎだで、もっと筆入れろ」

「どんくらい」

「真ん中だけ濃ぐすて、周囲はそのまま」

春馬は次々と新たな修正点を見つける。

「その皺の線、もう少す長ぐ」

「長ぐってどんぐらい」

「五センチ延ばすて」

こうしたやりとりが続き、紗栄子はへとへとになってきた。それでも思うようにいかないのか、春馬は容赦なく紗栄子を叱り飛ばす。

「そじゃね」
「じゃ、こんでどう」
「違う」
「何が違う」
「そいだと筋肉が前に出すぎる。何でもかんでも彫りを深ぐすればいいもんじゃね」

──だったら自分でやってよ。

その言葉だけは、のみ込まねばならない。

だが紗栄子には、作業を進めるうちに気づいたことがあった。

──この方がいいのに。

自分の感覚と春馬の感覚が一致しないのだ。

──だめだ。これは兄っちゃんのねぶただ。指示通りに仕上げねば。

紗栄子は自分に強く言い聞かせた。

「こいでいいね」
「違う！　ぼかしはそうじゃね。何度言っだら分がるんだ」

遂に春馬が癇癪を起こす。

離れた場所で田村たちと相談していた鯨舟が飛んでくる。

「春馬、紗栄ちゃんだって一生懸命なんだ。少すは考えでやれ」

それに対して春馬は何も答えない。これまで鯨舟の言うことだけは素直に聞いていた春馬だったが、それさえも聞き入れられないようになっているのだ。

「あの――」

その時、宇野が遠慮がちに言った。

「多分、そこはスプレーではなく筆の方がよいのでは」

ここ十年、ぼかしの効果はスプレーを使って行われるようになったが、春馬は筆や刷毛で行うことを好んだ。春馬の意図を汲むとすると、筆で行わねばならない。

「兄っちゃん、どうする」

「筆でやれ」

「でぎないよ」

紗栄子とて、そこまでの技巧はマスターしていない。だが春馬を足場に乗せることは危険すぎる。

「あのー」と宇野が再び言う。

「僕にやらせてくれませんか」

「できるの」

「はい。昨年と一昨年、春馬さんの作業を見ていましたから」

「でも、これは本番なのよ」

だが春馬は言った。

「宇野、やれ」

「はい」と答えた宇野は足場に上ると、一本の筆の半分に着色料を付け、半分に水を浸すと、思い切り線を引いた。

そこには見事なグラデーションができていた。

「やるじゃない」

「いえ、春馬さんの真似をしただけです」

「兄っちゃん、これでいいの」

春馬がうなずく。

夕方、皆で汗だくになりながら作業を終えた。

「兄っちゃん、でぎだよ」

「ああ」

春馬はぼんやりとねぶたを見つめている。その顔には「やり遂げた」という満足感はない。

「どすた、兄っちゃん」

「いや――」と言ったきり、春馬は難しい顔をした。

それを見て鯨舟が近づいてきた。

「何が気に食わん」

「そじゃねえんです。自分でも分がらんのですが、これは、わいのねぶたじゃねような気がすます」

「何言ってる。春馬の指示通りに作ったねぶたじゃねが」

鯨舟が首をかしげる。

「でも、わいは――」

「大きい声では言えんが、ベテランでも何もやらん奴がいる。絵描いて色決めるだけだ。後は弟子や手伝いがやる。そいでもねぶたの制作者には、そいつの名すか出ね」

三台以上受け持つベテランクラスは多忙にすぎ、すべての作業を弟子たちに任せることがある。書き割りから彩色まで、ほとんど弟子たちが行っているねぶたさえある。

「春馬、紗栄ちゃんを苦しめるな。紗栄ちゃんは、お前の指示さすべて叶えだべ」

「鯨舟さん、私のことはいいんです。兄っちゃん」

紗栄子が春馬の肩に手を置く。

「気持ちは分がるよ。でも兄っちゃんのイメージを完全さ叶えるごとなんで、私にはできねえ」

それにようやく春馬も納得したようだ。

「分がった。すまながったな」

「何言う。私には気い使わねでいいんだよ」

いつもは苛立ちを隠さない春馬が、しょげたように謝ったので、逆に紗栄子は心配になった。

「兄っちゃん、辛いの」

「いんや、大丈夫だ」

春馬が顔を上げると言った。

「いいねぶただ」

「こいでいいね」

「ああ、申し分ね」

春馬が何かをのみ込むように首を縦に振った。

紗栄子は少し気が楽になった。

「兄っちゃん、このねぶたは勝てるよ」

紗栄子は春馬を励まそうとしたが、春馬は首を左右に振った。

「そいは分がんね」

だが「修羅降臨」は素晴らしい出来栄えだと、紗栄子は思った。

「兄っちゃん、そっだごどねよ。たどえ大賞取れねでも――」

「大賞取れねば意味はね」

それを言われてしまえば、返す言葉はない。

鯨舟が近づいてくると言った。

「春馬、明日は台上げだ。今日はもう休め」

「うん」と言って春馬が車椅子を動かそうとしたので、紗栄子がそれを押した。

――これで納得してくれたんだ。

紗栄子はそう信じたかった。

十一

紗栄子は夢を見ていた。昔のように父の幹久、母の芳江、兄の春馬とちゃぶ台を囲み、和気あいあいと食事をしている風景だ。おかしいのは父と母は昔のままで、兄妹だけが今の姿なのだ。

その頃に使っていた小さなご飯茶碗や赤い箸が鮮明に見える。皆、黙って食事をしているだけだが、なぜか満たされた気持ちになる。

――これが私の家族。

紗栄子は独身なので、家族と言えばこのメンバーしかいない。

「行ぐか」

幹久がご飯茶碗に入れたお茶を飲み干すと、立ち上がった。青森畳組合と襟に入った法被半纏（はっぴばんてん）をまとい、少し猫背になって道具箱を小脇に抱えている。

大急ぎで飯を平らげると、春馬もそれに従う。

「今日は色付けだ。性根入れて掛がれ」

「はい！」

「お前はどうすべ」

幹久に声を掛けられたが、紗栄子は答えられない。行きたくて仕方がないのだが、どうしても声が出ないのだ。

幹久が地下足袋をはいている。その背後に立つ春馬が紗栄子を見つめる。その目は「お前は来るな」と言っているような気がする。

「私も行ぎたい！」

その言葉がどうしても出てこない。だいいち体が硬直して立ち上がれないのだ。

やがて二人の姿は消えた。紗栄子は茫然とそれを見送るしかなかった。

はっとして起き上がると、時計は四時五十分を指している。目覚ましは五時半にかけているので、まだ寝る時間はある。だがトイレにも行きたいので、紗栄子は起きることにした。

——今日は七月三十一日。

ねぶた祭の開催まであと二日だが、春馬のねぶたの出台は三日なので、まだ余裕がある。

洗面台で化粧しようと思った時、何の気なしに窓の外に目をやった。

――えっ、ない。

昨夜、家の前に路駐しておいた軽自動車が見えないのだ。

――盗まれたのだ。

慌てて外に出てみると、確かに車がなくなっている。

――誰があんなボロ車を盗むの。

途方に暮れていると、芳江が出てきた。

「どうすた」

「車がないのよ」

「あれ、おめさっき車でどっが行ったべ」

「私は今起ぎだよ」

「えっ、三時半頃、私が便所に立っだら、玄関の鍵さ閉める音がすて、うちの車のエンジンの音がすだから、私はてっきりあんただと思うたよ」

それを聞いて初めて紗栄子は気づいた。

「兄っちゃんが一人で小屋に行っだのかも」

「えっ、そんなはずあるめ」

家の中に駆けこんだ紗栄子が春馬の寝室をのぞくと、案の定、春馬がいない。

──どうしよう。

「紗栄子、春馬が夜中さ小屋さ行っだのが」

「兄っちゃんはスペアキー持っどるから、それすか考えらん」

「運転でぎんのか」

「そったの知らねよ」

化粧も途中だったが、紗栄子は最低限の支度をすると、スニーカーをつっかけて外に飛び出した。

「気いつげて行げよ」

背後から追ってくる母の言葉を無視して、紗栄子は駆けた。

東京ではないので、こんな早朝にタクシーは流していない。それでも比較的大きな通りを選んで走っていると、何とか一台、空車が見つけられた。

タクシーの中で口紅を引き、アイシャドウを塗っていると、アスパムの駐車場に着いた。

すでに夜は明け、真夏の陽光が車たちに照りつけている。

──あった。

駐車場を少し探しただけで、春馬の軽自動車が見つかった。よほど急いでいたらしく、白線で囲われた駐車エリアをはみ出すほど斜めに停車している。

——急いでたんじゃない。整然と駐車できなかったんだ。

それでも春馬は小屋に向かい、何かをしたかったの。

——それはいったい何。

駐車場から春馬の小屋までは、走っても五分はかかる。

胸騒ぎがする。

団地では徹夜作業を行っているらしく、半数ほどの小屋が点灯し、何らかの仕事をしている。横を見ると、坂本の小屋にも電気がつき、中から話し声が聞こえる。

ようやく春馬の小屋に着いた。ちらりと時計を見ると六時近くになっている。

胸騒ぎは次第に大きくなっていった。

——電気が点いている。一人で何をやっているの。

合鍵を使って小屋に入り、その光景を見た紗栄子は唖然として言葉もなかった。

——ああ、なんてことを。

ねぶたは無残にも壊されていた。しかも、ねぶたにとって最も大切な阿修羅と帝釈天の頭部や手先が破壊されているではないか。それが誰の仕業かは一目瞭然だった。

「兄っちゃん！」

春馬は小屋の片隅で座り込んでいた。

「なすてこんなごどすだ！」

春馬は木材に寄りかかり、両手で頭を抱えている。

「せっかぐうまぐ仕上がったのに、こいだば台無すでねが！」

ねぶたは残骸と化していた。だがあまりの大きさゆえか、春馬一人ではすべて壊せず、胴体部分などは原形を保っている。また後ろをちらりと見ると、見返りは破壊されていなかった。

ようやく春馬が動いた。

「こいでいい」

「なすて！」

「こいは、わいのねぶたじゃね」

「何言ってでる。兄っちゃんのねぶたでねが！」

「いや、おめのねぶただ」

「えっ」

春馬の言葉が肺腑を抉る。

「おめは昔と変わらん」

「何がさ――」

あの時のことが脳裏によみがえる。

「わいよりも、おめの方が腕がいい」

「そんなごと――、そんなごとねよ。私は兄っちゃんの頭の中にあるねぶたを、この世に生み落どそうと思って懸命だっただけだ」

まさに紗栄子は、春馬のイメージを代理出産したようなものだった。

春馬が両膝の間に顔を埋めたまま言う。

「わいは、こったらうまぐ作れね」

紗栄子には言葉もなかった。

「紗栄子、覚えているが」

思い出したくない過去の記憶が、脳裏によみがえる。

父の項星が現役のねぶた師だった頃、その日の仕事が終わった深夜や明け方から、手伝いの連中と飲み明かすのが常だった。ある朝、目が覚めた春馬は、当時は各町内に設けられていたねぶた小屋に行ってみることにした。

春馬がねぶた小屋に近づくと、案の定、酒盛りが続いていた。テントを張りめぐらせただけなので、外に話し声が漏れてくる。

その時、春馬は何の気なしに父たちの会話を聞いてしまった。

「うぢは娘の方が息子より筋がいい。息子ば仕込むのはたいへんだ」

将来、ねぶた師になることが夢だった春馬にとって、これほど衝撃的な言葉はなかった。それでも春馬は堪えた。後に聞いた話だが、努力すれば紗栄子を追い抜けると思ったのだという。

だがある時、春馬が誤って足場から転倒し、完成間近のねぶたの一部を壊してしまった。

それに激怒した父から、「この役立たずが。出てけ！」と言われた春馬は、本当に家を出ていってしまった。その後、春馬は日雇いで働きながら各地を転々としていたという。

父と母はたいそう心配して春馬の消息を探ったが、電話しかない当時、捜すのにも限界がある。そんなある日、弘前の道路工事現場で春馬の姿を見たという友人がいた。それを父母に告げれば、春馬はまた姿をくらますと思った紗栄子は、高校が休みの日曜になるのを待って、弘前まで一人で行った。

やはりその現場に春馬はいた。

仕事が終わってから、二人は夜桜の舞い散る弘前公園を散歩しながら話をした。

紗栄子は帰宅することを懇願したが、春馬は首を左右に振り、「わいは帰らね」と言って、かつて盗み聞きした父の話をしてくれた。

それを聞いた紗栄子は衝撃を受けた。紗栄子にとってねぶた作りは楽しいものでしかなく、どちらの方に才能があるかなど考えたこともなかったからだ。

その時、紗栄子の口をついて言葉が出た。

「私は二度とねぶたにはかかわらね。だはんで帰ってぎて」

それを聞いた春馬はうなずくと、「すまん」と言った。

数日後、春馬は帰宅した。父に詫びを入れた春馬は、「家業も継ぐし、石にかじりついてもねぶた師になりたい」と告げた。

父は怒らず、一言「分がっだ」とだけ言った。

それから春馬は、ねぶた作りはもとより本業の畳作りでも父の言うことを素直に聞き、めきめきと腕を上げていった。

一方の紗栄子はちょうど高二という時期でもあり、「東京に出て美術系の短大に入りたい」と両親に告げ、アニメーターの勉強を始めた。もちろん高二と高三の二年間、ねぶた作りには一切かかわらなかった。

そして念願叶い、紗栄子は短大に入学し、上京して自分の人生を歩き始めた。

むろん夏に帰省はし、友人たちとねぶた祭を楽しんだ。しかし父の小屋には一度も足を運ばなかった。

春馬が血を吐くように言う。

「下手ぐそでもい。最後さ自分のねぶただが作りだがった」

「兄っちゃん、でも一人では無理だよ」

「それは分がっとる。だけど最後ぐらい、存分さ腕振るいだがっだんだ」

遂に春馬は泣き出し、紗栄子にもたれ掛かってきた。

その背を撫でながら、紗栄子は帰郷したことも、春馬のねぶた作りを手伝ったことも間違いだったと覚った。

――あのまま私が東京にいれば、兄っちゃんは今年の参加をあきらめ、香澄さんたちも家から出ていかなかったかもしれない。

春馬の一家にとって、紗栄子は邪魔者でしかなかったのだ。

「兄っちゃん、ごめんね。私が帰ってぎたばがりに、ねぶた作らすてすまっだ。私がいなければ、兄っちゃんは治療に専念でぎだ。ばって今日から入院さすてもらい、手術さ、すてもらおうな」

春馬は何も答えない。ただ紗栄子にしがみついていた。

――ひと夏の夢か。

無残な残骸と化したねぶたを前にして、紗栄子は春馬と自分のねぶたが、この世から消え去ったことを覚った。そして徐々に現実、すなわち東京での生活に思いを馳せ始めた。

「これから兄っちゃんを病院に連れでぐ。振興会の皆さんには、私から謝罪する。お金のことで揉めるかもしれねけど、兄っちゃんは心配すないで」

それを思うと気が重くなる。「魂入れの儀式」で振興会の面々とも和解でき、一丸となることができたからだ。

――そうだ。自らの職を賭けて便宜を図ってくれた五十嵐所長に何と言って謝る。

五十嵐はもとより、少年鑑別所の若者たちも拍子抜けするだろう。昇太やその仲間にも顔向けできない。

――とてもじゃないが、すぐに東京に戻ることなどできない。だいいち春馬の手術が終わるまでは近くに付いていてやりたい。

家族のいない春馬の心細さを思えば、なおさらだ。

――この町からは抜け出せない。

ねぶた作りにかかわってしまったがゆえに、様々なしがらみが生じてしまっていた。それらを振り捨てるようにして、青森を後にすることはできない。

「兄っちゃん、やっぱり私は当分こっちさいるがら、心配すないでな」

紗栄子の言葉に春馬の反応はない。

「どすた」

春馬を抱え起こそうとしたが、春馬は気を失ってしまったのか反応がない。

「兄っちゃん！」

――たいへんだ。

春馬の病状が急変したのだ。

ハンドバッグの中からスマホを取り出した紗栄子は、病院に電話した。だが病院の番号にはアナウンスが流れるだけだ。

――そうだ。救急車を呼ぼう。

紗栄子が１１９を押すと、すぐに救急車が来るという。

それまでの間、枕を作って春馬を寝かせ、万が一に備えて用意していたＡＥＤを傍らに置いた。脈はしっかりしているし、呼吸も不規則ではないので、単に気を失っただけかもしれない。

――これほどの病でねぶたを作るなど、人の力の及ぶところではなかったのだ。

その時、入口付近が騒がしくなった。救急隊員が着いたのかと思っていると、やってきたのは芳江と鯨舟だった。おそらく芳江が鯨舟に電話し、車で迎えに来てもらったのだ。

「春馬！」

芳江が春馬に駆け寄る。

「母っちゃん、心配要らね。今、救急車が来る」

一方、春馬が息をしていることに安堵した鯨舟は、ねぶたを眺めてため息をついた。

「やっちまっだな」

「今はそれどごじゃねがら」

紗栄子と芳江が懸命に春馬に呼び掛ける。鯨舟は「こっちさ救急車を誘導する」と言って外に出ていった。

すぐに救急隊員はやってきた。誰か一人だけ介添えで救急車に乗れるというので、紗栄子が同乗しようと思ったが、万が一、芳江が死に目に会えないことも考慮して、芳江に乗ってもらうことにした。

救急隊員は手際よく春馬を担架に乗せると、瞬く間に走り去った。その後ろから、おろおろしながら芳江がついていく。

「母っちゃん、すっかりな！」

「おめも早ぐ来でな」

芳江の背を押すように救急車に乗せた紗栄子は、けたたましいサイレンを鳴らしながら走り去る救急車を見送った。

その時になって、徹夜した多くの人が「何事か」という顔で、こちらを見ているのに気づいた。皆、仲間なので心配してくれているのだが、紗栄子は居たたまれなくなり、小屋の中に戻った。

「終わっだな」

先に小屋に戻っていた鯨舟が、ねぶたの残骸を寂しげに見つめながら言った。

「申し訳ないです」

「もういいよ。仕方ねごどだ。それよりタクシーさ呼ぶべ」

「ええ、でも、もうすぐ皆さんが集まってぐるんで、謝罪すてがら病院さ行ぎます」

「そうだな。それがいい」

鯨舟がその場に座り込む。鯨舟も、これが最後のねぶた作りだと思っていたのだろう。その気落ちぶりは、見ていられないほどだ。

——これが現実なのだ。

これまでずっと熱かった気持ちが、次第に冷めてくるのを紗栄子は感じていた。映画やテレビドラマのように、次々とのしかかってくる苦難を乗り越え、最後に栄冠を手にすることを夢想しなかったわけではない。何度も「もしかして」という気持ちが頭をもたげた。

だが紗栄子の前に今立ちはだかっているのは、諸方面への謝罪という誰もやりたがらない仕事だけだ。ねぶた祭の熱狂の最中に、それをやらねばならないと思うと、気が重くなってくる。

やがて田村や安田ら手伝いの人々もやってきた。紗栄子は事情を話し、平謝りに謝った。悲しくて涙が出そうになったが、それを堪えて紗栄子はひたすら謝った。

やがて昇太たちもやってきた。昨日から昇太たちは台の組み立てを手伝っており、それを使って曳き手のトレーニングを始めていた。今日は「台あげ」ということで、昇太たちも張り切っていた。

「なすてこんなごどに——」

ねぶたの無残な姿を見て昇太が声を上げる。その仲間たちも、そろって肩を落としている。

「ごめんね」

「だけど、なすて春馬さんは壊したんだ」

「私にも分がらねよ」

その理由を説明したところで、分かってもらえるとは思えない。

「病気じゃ、しょうがねな」

春馬が錯乱した結果、こんなことをしたのだと、昇太は納得したらしい。

昇太の悲しい顔を見ていると泣きたくなる。

――でも泣いてはだめ。

紗栄子が唇を嚙んだ時だった。肩に手が置かれた。

振り向くと坂本が立っていた。

「驚いて駆けつけてきたんだ」

「ああ、坂本君――」

紗栄子は坂本の胸にもたれかかった。もう周囲の目など、どうでもよかった。坂本が紗栄子の長い髪を撫でてくれている。

「坂本君、ありがとう」

それだけ言うのが精いっぱいだった。

「何も言葉はない。ただ残念なだけだ」

顔を上げると千恵子をはじめとした手伝いの人たちもいた。皆、茫然とねぶたを眺めている。

多くの人たちの悲嘆が一気に押し寄せてきた。紗栄子はこの場から消えてなくなりたかった。

──ああ、どうしよう。

「さて、みんな！」

鯨舟が大声を上げる。

「見ての通り、ねぶたは出せなぐなっだ。その理由は問わないでぐれ。今日一日、皆の手で片付けて、きれいさっぱり忘れよう」

紗栄子が話を代わる。

「皆さん、もう修復は不可能です。今回は出台を辞退します。申し訳ありませんが、関係者だけで後片付けをしたいと思います」

その言葉で、関係者以外の人々が、小屋の外に出ていった。

坂本は紗栄子に「がんばれ」と言わんばかりにうなずくと、その場から去っていった。

——坂本君、ありがとう。

その時、宇野が「あのう」と声を掛けてきた。

「宇野君、ごめんね」

「ぼくなんか、どうでもいいんですけど——」

宇野は、いつものようにもじもじしている。

「みんなでここまでやってきたけど、見ての通りよ。もうすべては終わったの」

「えっ、そうですか」

宇野の言葉が妙に引っ掛かる。

「だって、時間的に修復は無理でしょう」

「ええ、今からすべてを作り直すのは無理ですけど——」

「も、もしかして、何か別の方法でもあるの」

その時、鯨舟の「おーい、ランプ外したら、名残惜しまずぶっ壊せ」という声が聞こえた。

「待って——。鯨舟さん、皆さん、ちょっと待って下さい！」

紗栄子が大声で言ったので、皆の動きが止まった。安田などは、壊れていない部分を粉砕しようと、足を上げたまま動きを止めている。

「宇野君、何か間に合わせる方法があるというの」

宇野が思い切るように言った。

「あの、ぼくは徹夜すれば間に合うと思います」

いつの間にか近くまで来ていた鯨舟が、荒々しく言う。

「馬鹿言な。一から作り直すんだ。八月三日に間に合うわげね」

「鯨舟さん、黙って」

紗栄子が宇野に向き直る。

「どうして間に合うと思うの」

その頃になると、田村や安田をはじめとした主立つ者たちも集まってきた。

「宇野、どういうことだ」

詰め寄る田村を紗栄子が遮る。

「宇野君、なんで間に合うの」

俯いていた宇野が恐る恐る顔を上げると言った。

「壊された部分のスペアがあるからです」

十二

紗栄子が息をのむ。

「スペアって——、どういうこと」

「春馬さんには『要らん』と言われましたが、手すきの時にスペアを作っておいたんです」

鯨舟が慌てて問う。

「おめが一人で作っでいだのが」

宇野が怯えた小動物のようにうなずく。

「それは、どこにある！」

「前の小屋にあります」

「前の小屋って、本町一丁目のか」

「そうです。仕事が終わり、皆さんが酒盛りしている時、一人で小屋に行き、見よう見まねで作っていました」

わずかな光明がトンネルの先に見えてきた。

「宇野君、そのスペアというのは、春馬が壊した部分の物があるの」

「ええ、全部そろっています」

田村がため息をつく。

「でも、おめが一人で作っだんだろ」

「そうです」

「使い物さなるのが」

「それは分かりませんが、寸法も含めて、そっくり同じに作りました」

鯨舟が外に向かって声を掛ける。

「昇太！」

「はーい」と答えながら、だらだらと昇太が入ってきた。

「今から軽トラ飛ばして本町一丁目の小屋に行ってでくれっが」

「それは構わんけど。来年使う材料なら、ここで分類すた方が――」

「そうじゃねえんだ。クルマは何台ある」

鯨舟が焦れたように問う。

「台の角材を積んでぎだレンタカーがありますから、俺のを入れて三台です」

「よし、宇野！」

「は、はい」

「こいつらと本町一丁目の小屋に行って、そのスペアとやらを運んで来い」

「分かりました」

「どうするがはそれがらだ。紗栄ちゃん、そいでいいな」

「もちろんです」

昇太が皆の顔を見回しながら問う。

「どうすたんだが」

「それは車で宇野から聞げ」

鯨舟に追い立てられるようにして宇野や昇太が出ていくと、鯨舟の指示に従い、田村や安田は粉砕された部分の切り離しに移った。スペアがどの程度の出来か分からないが、とにかく受け入れ態勢だけでも整えておこうというのだ。

紗栄子も手伝おうとしたが、ほかのねぶた小屋から心配してやってきた人たちがいるので、その応対に大わらわとなった。

やがてスペアが次々と運び込まれてきた。

まだ彩色は施されていないが、その造形を見ただけで使い物になるのは一目瞭然だった。

壊れ物を扱うようにスペアを並べる宇野に、紗栄子は声を掛けた。

「宇野君、どうしてこんなことを――」

「僕はねぶたを作るのが好きなんです」

宇野は気負いもなくそう言うと、初めて笑みを浮かべた。

鯨舟がスペアの出来を念入りにチェックしている。

「鯨舟さん、どうですか」

宇野が心配そうに問う。

「つないでみねど分からねが、使えねもんでもね」

鯨舟らしく厳しい口調だが、その顔には赤みが差し、「これは行ける」という手応えを摑んだようだ。

「紗栄ちゃん、覚悟はいいが」

「覚悟って何だが」

「今から本番まで全員徹夜だ」

「というごどは――、間に合うんだが！」

「やるだけのごどよ」

これほど鯨舟が頼もしく見えたことはなかった。

「ありがとうございます。徹夜は覚悟すています！」

「だが、間に合わねがもすんねぞ」

「いいえ、間に合わせます！」

鯨舟が息をのむように紗栄子を見つめる。

「紗栄ちゃん、本気が」

「ええ、皆で力を合わせればやれます」

田村が大きく息を吸うと言った。

「やってやろうじゃねが！」

安田が声を合わせる。

「そうだ。前のやつよりいいのにすべ」

千恵子とその仲間も「ねえ、やりましょう」と声を合わせると、昇太が「雑用でも何でも、俺たちに言ってくれ」と言う。

鯨舟が「よし」と言うや、紗栄子を促す。

「こっがら遠慮は要らね。紗栄ちゃんが指揮を執れ」

「えっ、私がですが」

「ああ、これは春馬のねぶただ。紗栄ちゃんすか作れね」

紗栄子が息をのむように残骸となったねぶたを見回す。

──私にできるの。

その時、首と手の先がない阿修羅と帝釈天の声が聞こえた気がした。

「早く作れ。俺たちには、もう魂が入っているんだ」

──分かりました。あなたたちの心を作らせてもらいます。

得体の知れない何かが湧き上がってくる。それを紗栄子は抑えられなくなっていた。

「鯨舟さん、ここからは私が指揮を執り、自由にやらすてもらいます」

「その意気だ。紗栄ちゃんなら必ずできる」

鯨舟の瞳は潤んでいた。

──よし、やってやる！

「皆さん、集まって下さい」

紗栄子の声に応じて、皆が集まる。

「春馬が仕出かしたことは、皆さんには謝っても謝り足りないくらいです。皆さんご存じの通り、春馬は──」

その時、胸底から何かがつき上げてきた。

「春馬は──」

嗚咽が漏れる。

「がんばれ！」

誰かから声が掛かる。

「春馬は重い病気です。この度は錯乱してしまい、取り返しのつかないことをしてしまいました。でもここにいる宇野君が、万が一に備えてスペアを作っておいてくれたので――」

紗栄子が声を振り絞る。

「今から皆さんのお力を借りれば、三日の夜間運行に間に合うかもしれません。ぜひ――」

紗栄子は込み上げるものを捻じ伏せていった。

「力を貸して下さい！」

「おう、もちろんだ！」

紗栄子を取り巻いていた輪から声が上がる。

「よし、やろうぜ！」

「もう一度、やり直しだ！」

「みんな、ありがとう」

ハンカチで涙を拭った紗栄子は、冷静な声音で言った。

「やりましょう。ただし――」

皆が息をのんで紗栄子を見つめる。

「単に間に合わせるだけではだめです。大賞を取れるねぶたを作りましょう」

「おう！」

皆から歓声が上がる。昇太たちは後方で腕を突き上げている。

知らぬ間に紗栄子は標準語になっていた。ここにいるのは青森の仲間だけだが、指揮する者として馴れ合うような雰囲気は作りたくない。そのため自然に厳しいことも言える標準語になったのだ。

「では、始めます。まず使い物にならないものを外します。判断は鯨舟さんにお願いします」

「分がった」

「宇野君は残骸から電球を外して、スペアを付けてみて。接合部分の寸法が合わない場合は調整して」

「はい」と宇野が冷静に答える。

「電気屋さんを呼ばなくてもランプを取り付けられる」

「はい。僕は八戸工業大学の電気工学科ですから」

——それを早く言ってよ。

電気屋のスケジュールに左右されないことに、紗栄子は安堵した。

「叔母ちゃん」

千恵子が背骨を伸ばすようにして答える。

「は、はい」

「叔母ちゃんたちは、破損部分の紙貼りの支度をして」

「分がっだよ。紙貼りなら任すて」

「田村さんと安田さんは、宇野君からＯＫの合図があったら、面以外の部分の『書き割り』を始めて」

田村が問う。

「面は誰がやるんだ」

「最後に私がやります」

「ああ、それがいい」

鯨舟がうなずく。

「昇太君たちは、『台化粧』を始めていて」

「合点だ」

「台化粧」とは、ねぶたを載せる台車に飾り付けを行うことで、土台となる木組みや天板の分厚い下部を見えなくするための化粧のようなものだ。

また天板の周囲にはスポンサー企業名の書かれた弓張提灯をめぐらせ、運行団体の名が入った看板を取り付けたりする。その運行団体の出陣回数を示した「○○年賞」という看板やねぶたのタイトルを書いた看板を取り付ける作業もある。本来なら、台化粧はねぶたを載せてから行うのだが、できる限り先回りしてやっておきたい。

「皆さん」

紗栄子が最後に声を大にする。

「運行は八月三日の夜になりますが、スケジュール的にはぎりぎりです。気を引き締めてやって下さい。では、始めて下さい」

その一言で、皆それぞれの持ち場に散っていく。その後ろ姿を見ながら、紗栄子は再び胸内の熾火(おきび)が、パチパチと音を立て始めているのを感じていた。

――私が春馬の代わりに春馬のねぶたを作るのだ。

ねぶた祭の異様な熱気が、自分の周囲を取り巻き始めた気がする。後は、その熱気に身を任せるようにして仕事をするだけだった。

第四章　修羅降臨

一

ねぶた祭のクライマックスは海上運行になる。これは七夕祭りで行われた「ねぶた流し」の伝統から来ているもので、人の代わりにねぶたが背負ってくれた「悪い感情」や「穢れ」と一緒に、ねぶたを流し去ることを意味する。

もちろん大型ねぶたを実際に流すわけにはいかないので、艀に乗せてタグボートが湾内を一周した後、陸に戻され、翌日から解体作業が始まる。

ねぶた流しが行われる八月七日だけは、昼の一時から運行が始まり、夜になってから海上運行になる。海上運行に参加できるねぶたは、ねぶた五賞と呼ばれる「ねぶた大賞」「知事賞」「市長賞」「商工会議所会頭賞」「観光コンベンション協会会長賞」の五つに、「最優秀制作者賞」受賞のねぶた、さらに特別に海上運行の栄誉に与(あずか)った一台を加えて七台になる。むろん「最優秀制作者賞」受賞のねぶたは五賞の中に入っていることが多いので、六台での海上運行となる年が多くなる。

紗栄子は何度か陸岸から「ねぶた流し」を見たことがある。点灯されたねぶたが花火の打ち上がる海上を遊弋(ゆうよく)する様は、とてもこの世のものとは思えず、ねぶた祭のフィナーレを飾るにふさわしいものだった。

——あの中に、兄っちゃんのねぶたも入れるのだろうか。

大賞とまでは行かなくても、何とか五位内入賞を勝ち取り、春馬の面目を施してやりたい。

——いや、それではだめだ。どうしても大賞を取らねば。

紗栄子は覚悟を決めた。

急いで皆に仕事を振った後、紗栄子は病院に向かった。

八月一日、青森の町は祭り気分一色で、様々な場所で前夜祭が行われていた。まだ日は落ちていないが、午後一時から子供たちのイベントが始まるので、すでに前夜祭気分なのだ。

特設ステージでは、「わんぱく囃子発表会」や「バケト大会」が行われているらしい。囃子の間に司会者の甲高い声が聞こえる。夜になってからは「ミスねぶた」の紹介や「跳人コンテスト」が開催され、前夜祭の盛り上がりは最高潮に達する。

ねぶた団地の小屋は一斉に覆いが取り除けられ、ねぶたに灯が入っている。いわゆるお披露目だ。しかし二日の初日に出台しない春馬の小屋だけは、まだ覆いは取り払われていない。

ラッセランドには人が溢れていたが、紗栄子は雑踏の中を縫うようにして駐車場への道をひた走った。

──兄っちゃん、死なないで。

今は、それだけしか願いはない。もはや紗栄子がどうこうできる話ではないが、春馬本人が壊したねぶたを修復し、祭りの当日に間に合わせることで、春馬本人の命も救えるような気がしてならない。

──でも、それだけではだめ。この勝負に勝たなくては。

それがいかに困難なことかは、紗栄子にも分かっている。名人とその手練れのスタッフたちが万全の態勢で臨んでも、勝者は一年に一人しか出ないのだ。

それに打ち勝つには、自分たちの持っている力以上のものが必要になる。

──阿修羅様、帝釈天様、どうか兄っちゃんを助けて下さい。

今回の題材としたことで縁ができた二人の神に、紗栄子は懸命に祈った。

市内は渋滞しており、いつもの倍くらいの時間をかけて、ようやく病院に着いた。

受付で名前を告げると、三階の待合室で待つよう告げられた。

階段を走り抜けて待合室に入ると、手を合わせる芳江の体を包むようにして抱いている女性がいる。

「香澄さん──」

「ああ、紗栄子さん」

立ち上がった香澄が涙を拭う。

「なすてここさ──」

「お母さんから連絡をもらったの」

「そうだったのね。それで、兄っちゃんは──」

「とりあえず応急処置をすでもらって集中治療室で寝でる。神崎先生が明日の朝一番に開頭手術をすでぐれるって」

これで春馬が祭りの前に現場に復帰することは、百パーセントなくなった。そうなると仕上がりをチェックするのも、紗栄子の仕事になる。責任がずっしりと肩にのしかかってくる。

　標準語で香澄が唐突に言った。

「ごめんね」

「えっ、何が――」

　あまりにも様々なことがあったためか、香澄が何を謝っているのか分からない。

「あなたのことを罵(ののし)って、勝手に家を出ていったことよ」

　紗栄子は動転し、香澄との間で、そんな経緯があったことさえ忘れていた。

「もういいの。今は、ただ兄っちゃんの無事を祈りましょう」

「そうね。でも謝りたくて」

　香澄は涙ぐんでいた。

「杏ちゃんは元気なの」

「もちろんよ。パパに会いたいって毎日泣いているわ」

「そうだったの。兄っちゃんが快復したら、杏ちゃんだけでも会わせてあげて」

　そういうわけにはいかないことを思い出し、紗栄子は口をつぐんだ。

「実は私も考えたのよ」

「何を――」

　その後に出てくる言葉が「離婚」の二文字だと、紗栄子は確信した。

「やはり戻るわ」

「戻るって――、まさか兄っちゃんの許に戻ってくれるの」

「ええ、そうよ。どんなに苦しくても春馬は逃げなかった。私が逃げてどうするの」

「だって祭りと生活は違うのよ」

　春馬は祭りへの参加をあきらめなかった。だがいつか祭りは終わる。しかし生活は長く続く一本道なのだ。

「確かに両親は離婚を勧めたわ。でもね、かつて春馬と一緒になると決めた私がいたのは間違いない。私は、かつての私から逃げることはできないわ」

「でも、これはあなたの人生なのよ」

　いつしか紗栄子は、逆の立場からものを言っていた。

「分かっているわ。おそらく辛い戦いになると思うわ。春馬が快復しても、プロのねぶた師の生活がどんなに厳しいかは分かっている。それでも私は春馬を日本一のねぶた師にしたい。そのために私は、春馬の女房になったんだもの」

「本気なのね」

「うん。これからも春馬を支えていく」

「香澄さん、ありがとう」

紗栄子は思わず香澄を抱き締めた。杏の匂いが鼻腔に満ちる。

「あなたを傷つけてしまい、本当にごめんね」

「もういいのよ。過去は過去。私たちには今が大切じゃない」

その時になって、芳江が口を開いた。

「紗栄子、ねぶたはいいのが」

「いいわげねが。私がおらん間、皆にはできるごどさやってもらってる」

香澄が言う。

「事情は聞いたわ。でも出せるの」

「できる限りやってみる」

「間に合うの」

「とにかくやり遂げるわ」

再び闘志がよみがえってきた。

「ここはいいから、早く小屋に戻って」

「そうね。香澄さんがいるなら安心だわ。何か変化があったら電話してね」

「もちろんよ」

紗栄子はしゃがみ、椅子に座った芳江の両肩を摑む。

「母っちゃん、香澄さんが付いでいでぐれるで心配要らね。何があっても動転すねで。何がの判断すねばなんね時は、香澄さんに任せでな」

「分がってら。わしにはなんも分がんねがらな」

「香澄さん」

立ち上がった紗栄子が香澄に向き直る。

「後はよろしくね」

「うん。分かった。紗栄子さん――」

その場から去りかけていた紗栄子が振り向くと、香澄が泣き笑いしていた。

「あなたも大切な家族よ」

「家族って、私が――」

「そうよ。私たち五人は家族なの。何があっても一緒よ」

「香澄さん、ありがとう」

手で口を押さえながら待合室を出た紗栄子は、人もまばらなロビーを駆け抜け、駐車場に向かった。

二

「書き割り」のために筆を取った瞬間、体内に電流が走った。電流は筆先に到達し、手首が震えてきた。それが緊張とプレッシャーなのは歴然だ。

「すべて忘れ、心ば空にすろ」

父の項星が語り掛けてくる気がする。

「父っちゃん、私にできるが」

「おめならできる」

項星が力強くうなずいた。

足場の下にいる皆が、固唾をのんで見守っているのが分かる。

──私ならできる。

震えが止まった。

──今だ！

阿修羅の腕に最初の一筆を入れると、自然と心が落ち着いてきた。後は何も意識せずに、筆が走る。人形灯籠の手足の筋肉、着物の襟や裾、顔の皺や陰影が、筆を入れる前に見えてくる。

「早く俺に魂を吹き込め」

阿修羅の声が聞こえる。

紗栄子は一心不乱に筆を揮った。

墨汁の入ったバケツを持った宇野に紗栄子が筆を渡すと、宇野は墨汁を染み込ませて返す。この時、助手は墨汁を垂らさない程度に染み込ませるのだが、宇野の塩梅は絶妙だ。

皆もそれぞれの仕事に戻ったようだ。誰もが分担された仕事に真剣に取り組んでいるのが分かる。もはや雑談や笑い声は聞こえない。

首筋に掛けたタオルが、いつしかびしょびしょになっていた。ねぶた小屋にはエアコンなどないので、誰かが気を利かして換気しないと、熱気でむんむんしてくる。とくに高い場所は暑いので、汗の量が自然と増える。

——暑さなんかに負けられない。

春馬の苦しみを思えば、これくらいのことはなんでもない。

——兄っちゃん、思い切りやりたかったね。

筆を揮えば揮うほど、春馬の無念が込み上げてくる。

――私が代わりをする。だから見守っていて。

紗栄子は何かに憑依されたように筆を揮った。

気づくと外は暗くなっていた。それでも紗栄子は休まない。鯨舟の「飯にすべ」「そんな根詰めるな」という声が聞こえたが、足場を渡りつつ、紗栄子は「あと少し」と答え、作業を続けた。作業を始めてから口に入れたのは、少量の水だけだ。

作業着の袖に墨が一滴垂れた。その拍子に時計を見ると、夜の八時半を回っていた。

――首が疲れた。

上下左右に首を動かしたことで、肩も凝ってきている。それよりも、ずっとバケツを持って紗栄子の傍らにいる宇野を休ませようと思った。

「宇野君、そろそろ休もう」

「そうしましょう」

足場を下りると、皆が拍手で迎えてくれた。

「ようやった」

鯨舟も節くれ立った手を叩いている。

ほっとしたことで尿意を催した紗栄子は、「お手洗いに行ってくる」と言って、ねぶた小屋を出た。

外は満天の星だった。夏でも青森は空気が澄んでいるので、星々が水で洗ったように輝いている。東京だと空気の澄んだ真冬でも、これほど輝く星々は見られない。海を見ると風がないのか、星空に照らされた海面は湖面のように凪いでいる。居並ぶねぶた小屋は、すべて灯りが点いており、最後の仕上げ作業に掛かっているようだ。

——うちだけが、八月一日の夜に「書き割り」をやっている。

しかも明日一日で彩色を済ませないと、祭りには間に合わない。むろん最初の出台は三日の夜なので、三日の夕方までは時間がある。だが早くて二日の深夜、遅くとも三日の早朝には完成させていないと、仕上げ作業などが間に合わなくなる。

これまでも何らかのトラブルで、予定された日に出台できないねぶたもあった。だがそれは一度出して破損したり、雨で色が落ちてしまったりしたケースで、予定された初日に間に合わなかった台など聞いたことがない。

九〇年代の話だが、四台も引き受けた名人が、どうしても最後の一台を間に合わせることができなかった。もしも出台できないと、パンフなどに書かれた予定がすべて狂う。名人の名に傷もつく。ほかの三台がいかにいい出来でも、審査員の評価も厳しくなる。

それで名人が考えついた驚天動地の策は「雪中決戦」だった。つまり彩色を最小限にとどめ、二つの人形灯籠が雪の中で戦っていることにしたのだ。さすがにこの作品は入賞しなかったが、名人はほかの作品で知事賞を受賞し、面目を施すことができた。

——まさか同じ手を使うわけにもいかない。

紗栄子がトイレから出ると、ちょうど男性トイレから坂本が出てきたところだった。

「坂本君」

「あっ、紗栄子、何とかなりそうだと聞いたぞ」

ねぶた小屋に挟まれた通りを二人で歩きながら、坂本が語り掛ける。

「うん、まあね」

「何か手伝えることはあるかい」

ほかのねぶた師に手伝ってもらうことは、全くルール違反ではない。仲のよいねぶた師どうしは、進捗具合によってスタッフの貸し借りさえする。

「うん、いいの。間に合わなかったら、その状態で出すしかないわ」

「でも、それじゃ——」

「勝てないかもね」

坂本が押し黙る。

「どうやら坂本君が本命のようね」

紗栄子はまだ見ていないが、風の噂では、坂本の作品の出来が際立っているようだ。

「そんなことないさ。先輩たちに勝つことは、そんなに簡単じゃない」

「でも、いつかあなたは大賞を取るわ」

「そうありたいね」

――だが兄っちゃんには、今年しかその機会はないかもしれない。

それを思うと切なくなる。

気づくと、ねぶた団地の中ほどにある坂本の小屋の前に着いていた。

「この団地の賑わいも、今日がピークね」

「ああ、そして祭りが終わり、青森は長い眠りに入る」

「そんな青森もいいじゃない」

坂本の顔に笑みが浮かぶ。

「戻ってくる気になったかい」

それには答えず、紗栄子は左手を挙げた。

「じゃあね」

「紗栄子――」

「何」と答えて紗栄子が振り向いたが、坂本は首を左右に振ると言った。

「容赦はしない。俺が勝つ」

「その意気よ。私も負けない」

二人の間に火花が散った。

三

八月二日、いよいよ祭り初日がやってきた。香澄からは何の連絡もないので、春馬は予定通り、開頭手術を受けることになったのだろう。

外の喧騒をよそに、紗栄子たちは懸命に彩色していた。色彩は春馬の指定した通りにする。ただし、どの程度線を太くするとか、ボカシを入れるとか入れないとか、指定がない場合は、春馬ならどうするかを想定しながら線を引き、色をつけていった。

この日は、簡単な食事とトイレ以外はほとんど仕事に没頭した。夕方、トイレに行った時は、出陣を控えたねぶたの前に人垣ができ、出陣式を行っているのが見えた。跳人、囃子方、曳き手らに、おにぎりなどの食事が配られ、中には酒を飲んで気合を入れている組もある。

やがて「ラッセラー、ラッセラー」という掛け声が聞こえてきた。まだ出陣までは時間があるが、気分を盛り上げているのだ。

——いよいよ明日は私たちの番。

ほかの団体の様子を見ていると、焦りばかりが先に立つ。

急いで小屋に戻った紗栄子は、再び一心不乱に仕事に没頭した。筆を取った瞬間、すべての喧騒は消え去り、紗栄子は正面からねぶたと向き合うことができた。

——これがねぶた師の血なの。

自分でも分からないが、何かを造り上げたいという一念が紗栄子を支えていた。それだけが寄る辺であり、それにすがっている間だけ、すべての不安が消え去った。

その時、携帯の着信音が鳴った。表示を見ると、香澄からだった。

「香澄さん、どうしたの」

動悸が速まる。

「手術が——、手術が終わったわ」

「よかった。それでうまくいったの」

「先生によると、大成功だそうよ」

「よかった」

涙が溢れてきた。

「みんな聞いて！」

紗栄子の声に、皆の動きが止まる。

「手術はうまくいきました！」

「やったー！」

外にいる連中も集まり、小屋の中は大騒ぎとなった。

「でも、まだ安心はできないわ。私たちが春馬のためにできることは、ねぶたを完成させることよ！」

「よし、やってやる！」

「負けてたまるか！」

皆の熱気が一段と高まる。

時計を見ると、午後四時を回っていた。まだ時間があるとはいえ、全員に徹夜させるわけにはいかない。

その時、入口付近で、東が五十嵐所長と立ち話しているのが見えた。紗栄子は足場を下りて飛んでいった。

「所長、わざわざすいません」

「ああ、工藤さん、事情は東から聞きました。お兄さんがたいへんなことになったそうで」

「ええ、それでも何とか間に合わせます」

紗栄子は手短に事情を説明した。

「そうでしたか。いずれにせよ手術がうまくいってよかった」

「ご心配をおかけしてしまい、申し訳ありません」

「これで後はねぶたの完成を待つだけですね。予定通り、明日の午後、バスで生徒たちを連れてきますよ」

「よろしくお願いします」

五十嵐がねぶたを見上げる。

「素晴らしい作品じゃないですか。これならいい線行けますよ」

「だといいんですが」

紗栄子には、そうとしか答えられない。

東が五十嵐を送っていくと、入れ替わるように内藤がやってきた。

「工藤さん、あっ――」

出入口から遠慮がちに内部をのぞいた内藤が息をのむ。

「すごい迫力だ」

「ありがとう。でも仕上げはこれからです」

「こいつは上位を狙えますよ」

「それで何の用」

「いえね、吉田さんと有沢さんが、小屋の様子を見てこいというんです。つまりその――、明日に間に合わないいんじゃないかという噂があって、最後の稽古に身が入らないんですよ」

紗栄子はため息をつきたくなった。

「見ての通り。間に合うわ。だから全力で稽古して」

「分かりました。二人にはよく言い聞かせます」

そうは言っても、二人の前に出れば、内藤は小さくなってしまうに違いない。

――でも、もう囃子方は内藤さんに任せるしかない。

「紗栄ちゃん」と呼ばれて振り向くと、鯨舟が立っていた。

「鯨舟先生、どうすたんだが」

「色が足らね」

――ああっ、そうか！

紗栄子は塗料をぎりぎりの分量で注文していたので、足らなくなった色があるのだ。鯨舟から黄色と茶褐色が足りないと聞いた紗栄子は、まず坂本の小屋に駆けつけると、ちょうど出てきたスタッフに坂本を呼ぶように頼んだ。

しばらくして出てきた坂本は、黄色はあるが茶褐色はもうないという。坂本は隣のねぶた小屋に声を掛けて、何とか茶褐色を都合してもらった。

彼らが出陣する前でよかったが、走り回っているうちに一時間ほど空費してしまった。

外の喧騒が激しくなる。時計を見ると午後五時半になろうとしている。

いよいよ初日に出場するねぶた群が動き出した。それぞれ指定されたスタート位置に向かっていくのだ。

――あと二十四時間か。

小屋に戻ると、すでに誰かが茶褐色を調達してきていた。

「あてがあるなら早く言ってよ！」

つい紗栄子は切れてしまったが、一つの問題を解決するために何人かが動くのは、致し方ないことでもある。

「ごめんなさい」と謝ると、紗栄子は作業の続きに入った。

四

八月三日の夜が明けた。作業は山場を越えたが、仕上げ作業がまだ残っている。天気予報によると、三日以降は雨の心配はなく、「修羅降臨」は万全の態勢で初日を迎えることができそうだ。

朝食の握り飯を食べると、ほっとしたのか睡魔が襲ってきた。うつらうつらしていると子供の頃の夢を見た。ねぶたは今のものより巨大で、山のように屹立（きつりつ）している。行き交う人々も今よりはるかに多く、誰もが祭りの準備に右往左往している。

雑踏の中に一人取り残された紗栄子は、大人たちが恐ろしかった。いつもは優しい大人たちの顔は真剣で、口々に怒鳴り、どこかを指差している。誰もが紗栄子などに目もくれず、自分の託された仕事を全うしようと、ねぶた団地の中を走り回っていた。

その時、誰かが手を摑み、紗栄子を雑踏の中から連れ出してくれた。

「兄っちゃん！」

春馬が振り向いて笑うと言った。

「紗栄子、もう大丈夫だ」

「兄っちゃん、兄っちゃん！」

紗栄子はあまりのうれしさに、懸命に春馬に抱き付いた。

だがその腕は太く大きく、しかも朱色をしているのに気づいた。ふと顔を上げると、阿修羅が紗栄子を見下ろしていた。

恐怖で声を上げそうになったが、阿修羅の顔は慈愛に溢れていた。

「大丈夫。すべてはうまくいく」

阿修羅がそう言っているような気がした。

はっとして目を覚ますと、手からお茶のペットボトルが落ちていた。

それを拾った鯨舟が手渡してくれた。

「紗栄ちゃん、もう峠は越えだ。少し眠っだらいい」

「まだ重ね塗りが残っどるで、仮眠はそれがらにすます」

紗栄子が立ち上がると、近くで休んでいた宇野も腰を上げた。

重ね塗りは色の効果を上げるために必須の技法だ。下塗りは薄い色をスプレーで吹きつけておき、その上に濃い目の色を重ね塗りしていく。これにより陰影が出て、いよいよ人形灯籠に実在感が増してくる。

あらかじめ黄色がかった朱色を吹きつけておいた修羅の顔や腕に、真紅の色を塗っていく。もちろん濃淡を付けていくので、すべてが同じ色合いにならない。この中間色の出し方が、ねぶた師のセンスなのだ。

午後には重ね塗りも終わり、いよいよ仕上げに入った。紗栄子は人形灯籠の間の狭い場所に入り込み、色むらや色あせをチェックする。観客や審査員からは見えない細部までも配慮することが大切なのだ。

午後四時を回った。すでに働いているスタッフはおらず、皆で紗栄子の作業を見守っている。

最も見えにくい部分、すなわち帝釈天の太ももの裏などをチェックした紗栄子が這い出ると言った。

「終わったわ」

そこにいる者たちから拍手が起こる。

「ようやった」

鯨舟は涙ぐみ、左右から田村と安田が鯨舟の肩を叩いている。

「さあ、台あげよ。気を引き締めていきましょう！」

「よし、任せてくれ！」

東が仲間と一緒に配置に就く。すでに台は化粧を施され、小屋の前に置かれている。

鯨舟が警鐘を鳴らす。

「いが、やり直すはできぎね。注意すろよ」

そこにいる男たちがねぶたに取り付く。おそらく四十人から五十人になるだろう。ねぶたにとって最後の試練が台上げになる。というのも、これは相当の力を要する作業で、かなりの確率で破損が生じるからだ。しかも難しいのは、途中で休むことができないことだ。地面に下ろしてしまっては絶対に持ち上げられない。台の高さが二メートルもあるため、五十人の男がいても持ち上げられないのだ。

台の上にずれた状態で載せてしまうと、やり直すためにはクレーンが必要になる。台が高すぎて一般男性だと万歳の体勢になるので、力が入らないのだ。それでは最初からクレーンを使えばよいと思われがちだが、ごった返すねぶた団地にクレーンを運び込むことはできない。だいいちどんなにうまく持ち上げようとしても、クレーンだと破損は免れ得ない。そのためクレーンを使うのは、破損しても構わない祭りの後になる。

「よし、行くぞ。それ！」

ねぶたが持ち上げられる。そこにいる男という男が台を持っているので、もう腕一本が入る隙もない。この作業だけは、老人、女性、子供には一切手伝わせない。

東は扇子を持ち、皆を誘導する。

「もう少し左だ。そうじゃない。表が左、見返りが右だ」

微妙な調整をしながら、ねぶたが徐々に台に向かう。男たちの顔や腕は、すでに汗で光っている。それほど強い負荷が掛かっているのだ。

――お願い。うまく載せて。

紗栄子は鯨舟と共に固唾をのんで見守っていた。

「表の右が下がっている。誰が支えろ！」

周りで見学していた人たちが駆けつける。ねぶたが何とか均衡を取り戻す。助っ人は観光客かもしれないが、もはや人を選んでいる余裕はない。

「よし、いいぞ。ゆっくり、ゆっくりだ！」

やがて台の後方にねぶたの表が載せられた。それを少しずつずらしていく。

「そう。いいぞ。いや、もう少し右に。そう。左が押して、右が引いて！」

ねぶたが徐々に台の上に下りていく。

「よし、もう少し。まだ気を抜くな！」

男たちの顔は紅潮し、無数の腕が万歳をする格好になる。

「いいぞ。あと五十センチだ。がんばれ！」

ねぶたがゆっくりと進む。行き過ぎてもだめなので、慎重に行わねばならない。

「よし、そこだ。下ろせ！」

遂にねぶたが下ろされた。地響きが伝わってくる。男たちの多くがその場に腰を下ろし、肩を上下させている。そこに女たちが駆けつけ、飲み物とタオルを渡している。

「ドンピシャだ！」

東はそう叫ぶと、その場に大の字になった。

紗栄子は台に駆け寄ると、位置を確かめた。東の言う通り、五センチとずれていない位置に、ねぶたは着地していた。

——これなら前後左右に揺すっても大丈夫。

ねぶたは最終的に固定されるので、台からずり落ちることはない。だが十センチ以上ずれていると、バランスが悪くなり、前後左右に動かす時に神経を使うことになる。

「紗栄ちゃん、破損個所はね。こいでいげる」

ねぶたの四方を見て回っていた鯨舟が戻ってくると言った。

「よかった」

時計を見ると、五時を回っている。

——いよいよだわ。

夏の日はまだ高いが、幾分か橙色を増したような気がする。

勝負の時は刻一刻と迫ってきていた。

五

午後五時三十分、いよいよ出陣だ。すでに籤引き（くじび）でスタート位置は決まっているので、そこまでねぶた台を曳いていき、十九時十分の運行開始を待つばかりとなる。

ねぶたのコースは市内の主要道路を閉鎖して行われるので、厳しい交通規制がなされる。決められたスタート地点から時計回りで運行が開始され、終了の合図とともに運行を終わらせる。二日から六日まではこの形式だが、七日だけはスタート地点が決められ、十三時から運行が開始される。この日だけは点灯なしの「昼ねぶた」になるが、それもまた別の味わいがある。

「修羅降臨」がコースに曳き出されてくるや、それを見ている人たちからは、ため息のような声が上がった。誰もが賛嘆しているのが分かる。数えきれないほどのカメラやスマホが向けられる。

本部の指示に従い、待機場所までねぶたが進む。

いよいよ勝負の時が近づいてきたのだ。

ねぶたは本部の決めた順序で運行せねばならない。個々のねぶた行列の先頭を行くのは先導係で、前を行くねぶたとの距離を取るための指揮者役になる。続いて、前ねぶたと呼ばれる運行団体や協賛企業の広告役の小さなねぶたを載せた台が行く。そして運行責任者、すなわち「修羅降臨」の場合、三上ら理事が続く。

さらにねぶた本体の前には、電線などを刺又で引き上げる竹竿持ち数人がおり、関係者の子供たちを先頭にして跳人が続く。その左右には客席からの飛び出しを防ぐ運行係や、化人と呼ばれるピエロの役割を担う人たちが配置される。そして扇子持ちとねぶた本体が続き、列の最後方に囃子方が並ぶ。

囃子方と同じ法被に着替えた紗栄子は、同じ法被を着た運行責任者たちと一緒に歩んだ。

「いやー、お疲れ様でした。素晴らしいねぶたができ上がりましたね」

紗栄子が列に入ると、三上が金歯をせり出すようにして言った。もちろん三上たちも囃子方と同じ法被を着ている。

「とんでもありません。皆さんのお陰です」

三上たちが差し入れだけでなく、陰に陽に様々な便宜を図ってくれたのは事実だ。

彼らのためにも、ねぶたを完成できてよかったと思う。

桂木が落ち着いた口調で言う。

「経緯は聞きましたよ。たいへんだったそうですね」

「ええ、でも何とか間に合いました」

二階堂が感心したように言う。

「今回の工藤さんの仕事ぶりはすごかったらしいですね。皆さんから聞きましたよ」

「私なんて――。これは工藤魁星のねぶたです」

紗栄子がはっきり言ったので、三人は同時にねぶたを見上げ、それぞれ賞賛の言葉を並べた。

桂木が感心する。

「あれだけ重い病を押して、魁星先生はこれほどのものを造ったんですね。われわれも見習わなければなりません」

「こちらこそご心配をおかけして申し訳ありませんでした。いろいろご無理も申し上げてすいませんでした」

三上が上機嫌で答える。

「いいんですよ。こうしてみんなで心を一つにできたんだ。これがねぶた祭ってもんですよ」

二階堂も満面に笑みをたたえて言った。

「工藤兄妹は青森の誇りですよ」

一方的に嫌っていた人たちから温かい言葉を掛けられ、紗栄子も感極まるものがあった。

やがて、ねぶたがスタート地点に降ろされた。

ねぶたごとにそれぞれのスタート場所が異なるので、籤引きで決まった順序に従って配置される。誘導役の指示に従い、「修羅降臨」がBグループの二台目の位置に就いた。

グループはAからEに分かれ、それぞれ四台か五台から成っている。グループ分けはスタートのエリアだけの便宜的なもので、その場所から周回コースを回っていくので有利不利はない。

先頭はAグループで、平和公園通り沿いのホテル青森前になる。祭りを盛り上げる大太鼓やミスねぶたの乗った車が先頭を行き、それに最初のねぶたが続くことになる。

六時半頃に周回コースの指定場所に着いた「修羅降臨」は、七時十分の開始を待つことになった。

鯨舟がねぶた台の下にいる技術係に指示を出す。

「灯、入れろ！」

ねぶたが遂に点灯された。

「うわー」というため息が漏れる。ねぶた師にとって、一年の苦労が報われる瞬間だ。

あらためて紗栄子は、ねぶたの美しさに魅せられた。

――なんてきれいなの。

ねぶたに灯が入ることは、命を灯すことに等しい。阿修羅と帝釈天に命が吹き込まれた瞬間、その一瞬の修羅場が見事に再現された。

「紗栄子さん！」

その時、観客席から紗栄子を呼ぶ声が聞こえた。

「あっ、香澄さん」

紗栄子が駆け寄ると、杏が列を飛び出して抱き付いてきた。

「杏ちゃん、会いたかったよ」

「あたしも」

「いい子にしてた」

「うん。杏がいい子にしているからパパ治るって」

「そう。よかったね」

杏を下ろした紗栄子が問う。

「香澄さん、その後、兄っちゃんはどう」

「容体は安定しているので、五日には意識を回復するだろうって」

「ああ、よかった」

紗栄子が天に向かって感謝した。

「紗栄子さん、たいへんだったらしいけど素晴らしい出来じゃない」

「ううん。私は兄っちゃんの指示通りに作っただけだから」

「そうね。春馬はこれを作りたかったのね」

香澄の瞳が潤む。

このねぶたが、春馬の目指したものかどうかは分からない。だが、それに近づけられたことだけは間違いない。

香澄が紗栄子の手を握る。

「でもこのねぶたは、紗栄子さんの作品でもあるのよ」

「ありがとう。でもそれは違う。これは兄っちゃんの作品だわ」

「そう言ってくれると、春馬が喜ぶわ。でもね、これを作ったのはあなたなの。やり遂げたのは、あなたなのよ」

——そうか。私はやり遂げたのだ。

達成感がじわじわと込み上げてくる。

その時、ドーンという花火の音がした。いよいよ祭りが始まったのだ。

「さあ、行くぜ！」

背後から東の声が聞こえる。

香澄と杏に手を振って別れた紗栄子は、列に戻った。

「そら、ラッセラー、ラッセラー、ラッセ、ラッセ、ラッセラー！」

東の声に唱和しながら、少年たちが飛び跳ねているのが見える。

囃子方も一斉に楽器を奏で始めた。参加者も観客も、そこにいる者たちすべてが凄まじい色彩と音の坩堝の中に放り込まれる。

——これがねぶた祭だ。

所定の位置に就いた東は、「それー！」という掛け声とともに扇子を動かし、警笛を吹き始めた。ねぶたが目覚めたかのように動き始める。

紗栄子は感無量だった。

「修羅降臨」が近づいてくると、観客は大きな喝采で迎えてくれた。それに応えるように、東の指揮で、曳き手たちがねぶたを前後左右に動かす。参加者も観客も一つになってねぶた祭を楽しんでいるのだ。

やがて「修羅降臨」は元の位置に戻り、三日の運行は無事に終わった。破損個所もなかったので修理の必要もなく、紗栄子は胸を撫で下ろした。

四日は別の場所からのスタートとなったが、すでに前夜の経験があるので、すべてが順調に流れていった。

初日は恥ずかしげだった跳人の少年たちも、二日目になって慣れたのか、すごい勢いで跳ね回るようになった。若いだけに、その活気は他のねぶた団体の跳人を圧倒していた。それに煽られたのか、ねぶた台を動かす曳き手を担う東の友人たちの動きも、さらに激しくなった。若いので無尽蔵の体力があるのか、扇子持ちの東の指揮に従い、前後左右に激しく動く。その度に阿修羅と帝釈天が命を得たかのように躍動する。

四日が終わり、多少の破損個所が出たので、夜を徹して修理となった。だが紗栄子は、鯨舟、田村、安田らの制作スタッフに「どうぞ休んで下さい」と言うと、宇野と若手の何人かに修理作業を任せてみた。

宇野は水を得た魚のように指示を出し、瞬く間に修理を終えた。それを見ていた紗栄子は、ある種の安堵に浸っていた。

――もう私がいなくても大丈夫。

それは寂しくもあり、またうれしくもある感情だった。

そしていよいよ五日を迎えた。

六

五日の朝、紗栄子は病院に駆けつけた。前夜に香澄から電話があり、春馬の意識が戻ったという知らせが届いたからだ。しかし危篤でもないのに、面会時間以外の訪問はできない。ようやく朝の面会時間になり、芳江を連れて病院に向かった。

祭りの最中の青森の朝は早い。すでに関係者が姿を現し、清掃に精を出している。

――ありがとうございます。

心の中で彼ら裏方に感謝した紗栄子は、病院への道を急いだ。

春馬の頭は包帯がぐるぐる巻きにされていた。

「香澄さん、どう」

病室では、香澄が一人でうつらうつらしていた。

「ああ、紗栄子さん、昨夜一度だけ目を覚ましたの」

「よかった。それで——」

「『紗栄子や皆に謝っておいてくれ』と言っていた」

その言葉は、春馬の記憶がはっきりしていることを意味していた。

——そうか。出せなかったと思っているんだ。

「もしかして兄っちゃんは、あきらめていたのね」

「そうなの。それで『紗栄子さんが直してくれたよ』と伝えたわ」

「そしたら兄っちゃんは、何て言った」

「何も言わなかったわ」

——きっと春馬は感謝している。

そうした感情を器用に表に出せないのが、春馬なのだ。

その時、二人の会話に気づいたのか、春馬が呻き声をあげて身悶(みもだ)えた。一瞬、苦しいのかと思ったが、春馬のはっきりした声が聞こえた。

「紗栄子か」

「ああ、兄っちゃん、そうだよ。紗栄子だよ」

「ねぶたは直せだが」

「うん。宇野君が頭と手のスペアを作っでいでぐれだんだ」

「あの宇野が――」

春馬にとっても、宇野の成長はうれしいに違いない。

「宇野君だけでね。みんなよぐやってぐれでら」

「そうか――。ごめんな」

紗栄子は一瞬躊躇した後、正直に答えた。

「いんだよ。兄っちゃんは納得できながっだ。だはんで壊すだ。そんだげのごどさ」

「いいのでぎだか」

「うん。すべで兄っちゃんが考えた通りにすだで、いいのができた」

春馬がため息をつきながら言う。

「わいのねぶたか」

「そうだよ。間違いなく兄っちゃんのだ」

「ありがとう」

包帯の間から流れた雫が、春馬の頰を濡らす。

「兄っちゃんは、ずっと私の誇りだ。これがらもずっとだ」

春馬は感情が高ぶったのか、包帯の間から幾筋もの涙が流れてくる。

「もう、これくらいにしておきましょう」

いつの間にか背後に来ていた神崎医師が言う。

「先生、ありがとうございます」

「とんでもない。当然のことをしたまでです」

紗栄子が神崎に頭を下げる。

「先生、兄っちゃんをよろしくお願いします」

「事情は聞いています。がんばって下さい」

「紗栄子さん、しっかりね」

香澄もハンカチで目頭を押さえていた。

「兄ちゃん、待っでいでね」

春馬はうなずくと、最後に言った。

「紗栄子、結果は気にするな。結果よりも、やり遂げだことが大切だ」

「兄っちゃん、ありがとう」

紗栄子は神崎に一礼すると、病室を後にした。

この日の運行も滞りなく終わり、いよいよ審査結果を待つばかりとなった。

審査が発表される夜、ねぶた師たちは次第に高まる期待と不安に苛まれながら、時を過ごす。自室で一人、結果の電話が入るのを待つ者もいれば、皆で酒盛りをしながら待つ者もいる。

紗栄子は破損個所の修復のために、ねぶた小屋に詰めていた。

審査は午後九時から始まる。最近は議論を経ずに集計だけで決まるので、さほど時間は要さないが、以前は日が変わっても侃々諤々の議論が続くことがあった。

時計が九時を回った。紗栄子は大きく深呼吸をすると、宇野が中心となって行っている修復作業を見守っていた。だがそれも三十分ほどで終わり、誰もが手持ち無沙汰になった。

「紗栄ちゃん、行ぐべ」

鯨舟が唐突に言う。

「どごに——」

「広場さ」

鯨舟が広場というのは、ねぶた団地から歩いてすぐのところにあるアスパムの裏だ。

ここにいても落ち着かないので、紗栄子も同意した。

皆でぞろぞろと広場に繰り出すと、ほかの団体も、それぞれ集まっていた。

ねぶた関係者には、審査や集計の場所を知らされない。不正が起こる可能性も考慮されてのことだ。そのため電話で結果を待つことになる。

紗栄子はぼんやりと海を見ていた。

――やるだけのことはやった。

それ以上の言葉はない。もはや結果などどうでもよい。ここまでやり遂げたことが、紗栄子にとっては大事だった。

――これまでの私は不満ばかり抱えていた。それでも自分から人生を切り開いていこうとせず、日々に押し流されていた。だけどもう違う。

人生を切り開く鍵は、意外にも故郷にあったのだ。

――東京に帰っても、きっとやり遂げられる。

紗栄子の気持ちは、次第に凝固しつつあった。

その時、携帯の着信音が鳴り響いた。

七

皆の顔が一斉にこちらを向く。どの顔も期待と不安が入り混じっている。

大きく息を吸った紗栄子は、電話を取った。

「もしもし」

「あっ、工藤さんですね。おめでとうございます。『修羅降臨』が今年のねぶた大賞に決まりました」

「えっ——」

「表彰式などについては、後ほど別の者が連絡いたします。では——」

一方的に電話が切られた。用件だけ伝えるように言われているのだ。

——兄っちゃんのねぶたが勝ったの。

紗栄子は半信半疑だったが、耳には間違いなく「今年のねぶた大賞に決まりました」という言葉が残っている。

——でも何かの間違いや、いたずらかもしれない。

紗栄子の表情が変わらないので、皆の顔が少しずつ落胆に向かっていく。

その時、遠くから駆けつけてくる影があった。

「紗栄子、おめでとう！」

坂本だった。

「えっ、おめでとうって——」

「春馬さんのねぶたが今年のねぶた大賞だ。俺が何度も確かめた」

「つまり——、私たちが勝ったの」

鯨舟が慌てて問い返す。

「坂本、間違いねが」

「ああ、間違いありません。何度も確かめました」

「兄っちゃんのねぶたが——、兄っちゃんのねぶたが大賞を取ったのね！」

「そうだよ。おめでとう」

「うおー！」

鼓膜が破れんばかりの歓声が周囲から沸き上がる。

誰もが歓喜に咽び、次々と紗栄子に抱き付いてくる。

「よかった、よかった」

叔母の千恵子が紗栄子の胸にしがみ付いて泣いている。

「坂本君、ありがとう」

「俺も知事賞を取ったぞ。これで春馬さんとワンツーフィニッシュだ」

「そうだったのね。おめでとう」

「でも負けは負けだ。これで来年への励みになる」

「ごめんね」

「何言ってんだ。春馬さんのねぶたが勝ったんだ。俺だってうれしいぞ！」

その時、背後から東が抱き付いてきた。

「ざまあみやがれ！」

「うるさい。お前が何をやったんだ！」

二人と仲間が集まり、「ラッセラー」を始める。周囲には興奮した者たちが集まり、声を嗄らして掛け声を唱和する。田村や安田も輪の中で飛び跳ねている。

千恵子が言う。

「紗栄ちゃん、香澄さんに電話したら」

「この時間に電話やメールしても、病院だから着信音が鳴らないようにしてあるの」

「じゃ、どうやって伝えるの」

「これから病院に行くわ」

その会話が耳に入ったのか、東が振り向く。

「車じゃ渋滞していて、とても無理だ」

「でも、歩くほかに方法はないわ」

だが病院まで歩くとなると、一時間近くはかかる。

坂本が「どうした」と言って話に割り込む。東の説明を聞いた坂本は、「よし、任せろ」と言うや、どこかに走り去った。

「あいつ何をしているんだ」

坂本は、前ねぶたに積んであった何かのキャラクターのねぶたを下ろしている。

――えっ、まさか。

嫌な予感がしたが、坂本はリヤカーだけになった前ねぶたを引いてきた。

「これに乗れよ」

「ええっ」

東が手を打つ。

「そりゃいい。こいつで病院まで送っていくっていうんだな」

「そうさ。紗栄子、遠慮せずに乗れよ」

「だって」

「ほかに方法はない。一刻も早く朗報を伝えようぜ」

「分かったわ」

紗栄子がリヤカーに乗ると、周囲からやんやの喝采が起こった。

「さあ、行くぜ！」

坂本がリヤカーを引き、東が後ろから押す。

「僕も手伝います」

宇野が東の隣の位置に就いた。

「どいた、どいた。ねぶた大賞のお通りだい！」

リヤカーは風を切って走り始めた。そこにいた誰もが、驚いたように顔を向ける。

紗栄子は「恥ずかしい」と思ったが、もはやリヤカーは止められない。

やがて後方から「ラッセラー」の掛け声が沸き上がった。鑑別所の少年たちが付いてきたのだ。

「お前らはだめだ！」

東が制そうとするのを五十嵐が止める。

「もういい。ここまで来たら乗り掛かった船だ」

「さすが先生！」

まだ交通規制されている新町通りをリヤカーが激走する。その背後から少年たちが跳ねながら続くので、事情が分からない者たちも次々と加わる。

青森の風景がどんどん後方に追いやられていく。

やがて病院が見えてきた。

——もう面会時間は過ぎたわ。ルールは破れない。

リヤカーが正面玄関に着けられたが、守衛所を通らない限り、もう中には入れてもらえない。

「そうだ。坂本君、駐車場に回して」

「よし、分かった」

リヤカーが駐車場に向かうと、皆も付いてきた。すでに数百人の規模になっている。病院だから静かにしなければならないが、もはや「ラッセラー」の掛け声は誰にも止められない。

東が言う。

「この病院に入っている人の大半は青森市民だ。この掛け声を聞けば、逆に元気になる」

紗栄子は苦笑するしかなかった。

「ラッセラー、ラッセラー、ラッセ、ラッセ、ラッセラー！」

やがて病室の灯りが一つまた一つと点灯し始めた。

——確かあの辺りだわ。

遂に春馬の病室にも灯りが点いた。

「兄っちゃん、兄っちゃん！」

リヤカーを降りた紗栄子は、子供のように手を振りながら窓を見つめた。

やがて窓際に香澄らしい人影が立つと、いったん消えた。そして何かが押されてきた。

——あれは兄っちゃんのベッドだ。

やがてベッドが起こされ、春馬らしき人影が見えてきた。

「あっ、春馬さんだ。あれは春馬さんだ！」

東の絶叫に、皆が窓の方を向く。

「兄っちゃん、ねぶた大賞取ったよ！」

懸命に飛び跳ねる紗栄子の姿を見れば、メッセージは伝わるはずだ。

「ラッセラー、ラッセラー、ラッセ、ラッセ、ラッセラー！」

跳人たちも狂ったように飛び跳ねる。いつの間にか追い付いてきた囃子方も、笛を狂ったように吹き、手振り鉦を振り回す。

やがて春馬らしき人影の右手が挙がった。それが左右に振られると熱狂は最高潮に達した。

駐車場は熱狂の坩堝と化していた。ほかの窓も次々と開けられ、手を振る人々の姿が見える。

——兄っちゃん、勝ったよ。兄っちゃんの阿修羅が奔ったんだよ。

紗栄子はその場にへたり込むと、泣いた。涙が止め処なく流れ、やがて窓辺に見える春馬の姿もかすんでいった。

エピローグ

雨が降っていた。天気予報が外れたためか、大半の人が小走りに交差点を駆け抜けていく。

——この人たちにも人生がある。そしてこの人たちにも突然、変われるチャンスが来る。

「紗栄子、聞いているの」

島田が呆れたように言う。

「聞いているよ。それで彼氏に料理を作って上げたんでしょ」

「そうよ。そしたらね——」

これまでは、誰もがつまらない人生を歩んでいるとしか思えなかったが、あの青森の日々を経験した後は、誰もが生き生きとした人生を歩んでいるような気がする。

「紗栄子ったら、何を考えているの」

「いいえ、何も」

「そうだ。ねぶたのことでしょ」

「もう、ねぶた祭は終わったわ」

「テレビでやっていたわよ。最終日の海の上を行くやつ。素敵だったわね」

「うん。私も乗せてもらったの」

春馬の代わりとして、紗栄子も艀に乗せてもらった。艀に乗るのは初めてだったが、これほど美しいものとは思わなかった。

後方に続く艀からは、坂本が手を振っている。それに応えていると、鯨舟が問うてきた。

「紗栄ちゃん、またやるべ」

「ううん。もういいんです」

「そうか。東京さ行ぐか」

「ええ、東京で私のねぶたさ作ります」

「それもいいがもな」

——私のねぶたは、きっと東京にある。

海面に輝くねぶたを見つめながら、紗栄子はもう一度、東京に行くつもりになっていた。

島田が現実に引き戻す。

「来年も、お兄さんのねぶた作りを手伝うんでしょ」

「ううん。もう兄は快復したし、兄を支えてくれる人も戻ったし、後継者もできた。だから私は帰らない」

支えてくれる人とは香澄のことで、後継者とは宇野のことだ。宇野は、自分のねぶたを作るという夢を実現するために力を蓄えてきた。おそらくさほど遠くない未来、その望みは叶うことだろう。

「そうね。それにしても、こっちで正社員になれて本当によかったね」

紗栄子は、東京のアニメ制作会社に正社員として就職できた。実は紗栄子の仕事ぶりを見ていた理事の二階堂が、友人のアニメ制作会社の社長に紹介してくれたのだ。

「これもねぶたのお蔭よ」

「ねぶた作りをがんばったから、運が向いてきたんだね」

「まあ、そういうことね」

――人生は捨てたもんじゃない。

紗栄子は自力で人生の扉をこじ開けたのだ。

「いつまでも雨がやまないわね」

島田は一つ話題にとどまらない。

「そうね。こうして交差点を見ていると、半数くらいの人が傘を持ってきていない」

「その半数に、私も入る」

「まさか結衣は傘を持ってきていないの」

「当たり前でしょ。天気予報は曇りだったもの」

「呆れた。じゃ、駅まで相合傘で行きましょ」

「ありがとう！」

二人は喫茶店を出ると、駅までの道を歩いた。

その瞬間にも、徐々に日常が追い付いてきているのが分かった。

――でも、これでいいの。私は私の人生を歩んでいく。

これまで見てきた東京の風景が、全く別のものに変わっていた。

紗栄子が小さな声でつぶやく。

「ラッセラー、ラッセラー」

「えっ、何か言った」

「ううん。さあ、行こう」

紗栄子の耳の奥では、いつまでも「ラッセラー、ラッセラー」という掛け声が聞こえていた。

本書は、広島大学病院がん化学療法科教授（当時）の杉山一彦先生とノンフィクション作家の河合清子氏の協力なくして書き上げることはできませんでした。この場を借りて、両氏に御礼申し上げます。

【参考文献】

『ねぶた祭　――〝ねぶたバカ〟たちの祭典』河合清子　角川書店
『青森ねぶた誌 増補版』宮田登　小松和彦監修　青森市
『龍の夢 ねぶたに賭けた男たち』澤田繁親　ノースプラットフォーム
『龍の伝言 ねぶた師列伝』澤田繁親　ノースプラットフォーム
『名人が語る・ねぶたに賭けた半世紀』千葉作龍　草雪舎
『ねぶた 和田光弘 写真集』和田光弘　東奥日報社
各都道府県の自治体史、論文、論考、事典類、ムック本等の記載は省略させていただきます。

解説

阿南　透
（江戸川大学特任教授、民俗学）

本書は、日本を代表する祭りである青森ねぶた祭の、ねぶたを制作する「ねぶた師」を主人公にした人間ドラマである。

青森ねぶた祭を取り上げた小説といえば、西村京太郎『青森ねぶた殺人事件』、和久峻三『青森ねぶた火祭りの里殺人事件』などが思いつく。そこでは祭りの賑わいが小説の舞台として活き活きと描かれるものの、祭りに関わる人びとや、祭りそのものを主題として描いてはいなかった。これに対し本書はねぶた制作に焦点を当て、制作過程を丹念にたどりながら人びとのドラマを描きだした点で、類を見ない作品である。

歴史小説の名手である伊東氏が、なぜ現代の、しかもねぶた制作というテーマに取り組んだのか。伊東氏はそのきっかけをこう語っている。

六年ほど前、徳間書店の担当編集から、「祭りを舞台にした人間ドラマを書いてほしい」という要望があったことがきっかけです。彼は当時二十代の若者で、「作家は自分の強みが発揮できる題材を選べばハズレはない」という私の持論を覚えていて、彼なりに題材を吟味し、祭りという題材を提案してきたのです。つまり「伊東さんの作品の持つ『熱さ』を生かすには、祭りほど適したものはない」とね。

その時は「なんで祭りなの」という感じで、具体的なイメージは浮かばなかったんです。ところが二〇一八年に『囚われの山』の取材で青森に行った折、「ねぶたの家ワ・ラッセ」という「ねぶた祭」の歴史や魅力を伝えている展示施設を訪れた折、北村麻子さんという女ねぶた師の存在を知り、「これは行けるぞ」と思い、ストーリーを考えていきました。(『修羅奔る夜』発刊記念 伊東潤氏ロングインタビュー!)

そして二〇一九年にねぶた祭を見に来られた印象を「陽が落ちて、ねぶたが一斉に点灯した時の感動は、今でも忘れられません」と語っておられる。こうして生まれた作品は、二〇二〇年四~一一月に「読楽」に連載されたのち二〇二二年に単行書として刊行され、このたび徳間文庫に収録された。これが本書の成り立ちである。ちなみに伊東氏が挙げたねぶた師の北村麻子氏は、第六代名人・北村隆氏の娘であり、デビューの経緯や父娘の関係なども参考にされたことと思う。

史実の制約がある歴史小説とは違い、現代を舞台にした小説は自由にストーリーを展開することができる。しかし、そこにリアリティを持たせることができないと読者の興を削ぐ。青森ねぶた祭は大規模な祭りで準備期間も長く、多くの人が関わり、さまざまな決まり事や制約がある。伊東氏が綿密な調査でリアリティのある作品に仕上げたことは見事なものである。

本書のあらすじをたどってみよう。ねぶたのスポンサーにあたる運行団体はここのところ二二団体でほぼ一定しているが、本書では「青森県ねぶた振興会」という、いかにもありそうな架空の団体が登場する。この団体のねぶた制作を請け負うのが、父の跡を継いだ気鋭のねぶた師・工藤春馬（雅号は魁星）。前年の祭りの審査では三位にあたる「市長賞」を受賞した。今年こそと意気込む春馬だが、病に倒れ、知らせを受けて東京で派遣社員として働く妹の工藤紗栄子が急遽帰郷する。紗栄子は、病状が芳しくない春馬を手伝う決意を固めたものの、病状が悪化した春馬は体力も気力も衰えていく。

ねぶた師は最初に制作するテーマを決め、設計図にあたる下絵（原画）を描く。春馬が決めたテーマは、阿修羅と帝釈天の戦いである「修羅降臨」。春馬は下絵を何度も修正し、「形を作るのでね。心を作れ」という父の言葉を表現すべく試行錯誤する。

　下絵が完成するとねぶたの制作が始まる。団体やねぶた師により多少は流儀が異なるとはいえ、基本的な流れは変わらない。制作はチームによる作業であり、本書では元ねぶた師の成田鯨舟、父の代から手伝うベテラン田村、高校教師の安田、二十代で手先が器用な宇野らが制作を手伝い、紙貼りには叔母の三浦千恵子らが登場し、制作過程が活き活きと描かれる。数多くの行程を自然に、煩瑣な印象を与えず読ませてしまうのは、脇役たちとのやりとりがしっかり描かれているからだと思う。

　こうした制作と前後して、紗栄子と運行団体の価格交渉や、同級生の東昇太を巻き込んで跳人の動員作戦が繰り広げられる。春馬のライバルねぶた師・坂本幸三郎は紗栄子の元恋人で、折々に二人がすれ違う。寄せ集めた囃子方は内輪もめを起こす。春馬の病状も思わしくない。手術を延期してねぶた制作に命を賭ける春馬と、治療に専念させたい妻・香澄との軋轢が生じ、板挟みの紗栄子は「私が青森さ帰ってこねばよがったんだ」と、帰郷を後悔するほど苦悩が深まっていく。制作をスタッフに任せるほどに、自分の作品という実感が持てない春馬の焦燥もピークに達し、ついに爆発する。そして最後には、紗栄子は春馬に代わり、指揮しつつ自ら筆を取ってねぶたの完成を目指すことになる。ねぶた制作の本格的な経験こそないものの、父のねぶた制作を見て育った紗栄子。波瀾万丈のストーリを、読者は堪能されたことと思う。

　さて、制作の中でも重要な工程の一つが、紙貼りが終わったねぶたに墨で線を描く「書き割り」である。本書でも春馬に代わって紗栄子が線を描くシーンが印象的に描かれている。


――今だ！

阿修羅の腕に最初の一筆を入れると、自然と心が落ち着いてきた。後は何も意識せずに、筆が走る。人形灯籠の手足の筋肉、着物の襟や裾、顔の皺や陰影が、筆を入れる前に見えてくる。

「早く俺に魂を吹き込め」

阿修羅の声が聞こえる。

紗栄子は一心不乱に筆を揮った。

（中略）

――兄っちゃん、思い切りやりたかったね。

筆を揮えば揮うほど、春馬の無念がこみ上げてくる。

――私が代わりをする。だから見守っていて。

紗栄子は何かに憑依されたように筆を揮った。（三五九〜三六一ページ）

紙を貼った白い灯籠に墨で線を描くと、人形があたかも生命が吹き込まれるかのように浮かびあがってくる。伊東氏は、この場面がねぶた制作の胆であると見抜き、その様子を活き活きと描き出す。第四代ねぶた名人・鹿内一生は「書き割りの線は人生の線」という名言を残し、ねぶた師の人となりや心境が書き割りの線に現れると語った。ねぶた制作の芸術性が素晴らしく描かれ、私が大好きな場面である。

ここでストーリーを離れ、祭りについて補足しておきたい。

青森ねぶた祭が盛大な祭りに発展した要因の一つは、審査と表彰の仕組みにあると私は考えている。現在の仕組みは一九九五年に始まり、約四〇人の審査員が三部門（ねぶた本体、囃子、運行・跳人）をそれぞれ採点し、ねぶた本体六〇％、囃子一五％、運行・跳人二五％の割合で合計する。総合賞として、一位「ねぶた大賞」二位「知事賞」以下、五位までが表彰される。そして上位の団体だけが最終日の海上運行に参加できるのである。この仕組みにより、参加団体が賞を目指して競い合う、採点競技の性格も持つ祭りになった。中でもねぶた本体の配点が最も高いので、運行団体は優れたねぶた師に制作を依頼しようとし、ねぶた師も期待に応えるべく精魂を傾ける。団体が期待するレベルの作品を作れなければ、翌年は別のねぶた師に依頼することも珍しくない。依頼がないねぶた師は、作品発表の機会も収入も失うことになる。

賞には総合賞のほかに部門賞がある。近年は、ねぶた本体が一位のねぶたを作ったねぶた師に「最優秀制作者賞」、二位と三位に「優秀制作者賞」が授与される。これらの賞を受賞したねぶたは、二〇一一年に青森駅前にオープンした展示施設「ねぶたの家　ワ・ラッセ」に一年間展示される。このためねぶた師にとっては、受賞による「ワ・ラッセでの展示」も大きな目標になった。

また、本書の中でも「名人」という語がたびたび登場するが、極めて優れたねぶた師に授与される「ねぶた名人」の基準が定められた。その基準の一つが、最優秀制作者賞を七回受賞することである。名人の称号は現在までに七人しか得ていない。このように、ねぶた師にとっては、「ねぶた大賞」だけでなく「最優秀制作者賞」も大きな目標になっている。

近年のねぶた師の動向を見ると、二〇一二年に第五代・千葉作龍氏、第六代・北村隆氏が名人に認定された後、竹浪比呂央氏が二〇一二年から二三年までに最優秀制作者賞を八回受賞という快進撃をなし遂げ、第七代名人に認定された（ちなみに本書のカバーは、竹浪氏の二〇一二年の最優秀制作者賞受賞作「東北の雄　阿弖流為」を使っている）。二〇二四年には二二台のねぶたを一七人のねぶた師が制作し、ハイレベルの戦いを繰り広げた。さらに本書の宇野君のように、デビューを目指し修業中の若い弟子たちも、男女を問わず数多く控えている。

というわけで、青森ねぶた祭を訪れる方は、跳人の熱狂だけでなく、ねぶた作品の芸術性と、制作者について思いを馳せていただければ幸いである。本書でも随所に見られた「心を作る」「命を削って」といった表現は、決して誇張ではない。本書を入口に、ねぶた制作の世界の奥深さを知っていただければと思う。

最後に、青森市民にとってのねぶたの意味について、伊東氏の洞察を挙げておきたい。

ねぶた祭の起源の一つに、眠気を追い払いたいという願いから、「眠た」が「ねぷた」ないしは「ねぶた」になまったという説がある。

（中略）

だが紗栄子は気づいていた。

実際に洗い流したいのは、欲望、憎悪、嫉妬、軽蔑、差別、傲慢、怠惰といった人びとの内面から湧き出る醜い感情なのではないか。それらを一年に一回海に流すことで、人は浄化され、真人間として再生する。

だからこそ、ねぶたには「勇壮」や「華麗」といった人としての美しい部分だけでなく、「殺伐」や「グロテスク」といった人間の醜い部分があらわになっているのだ。

――ねぶた祭は青森人にとっての一年の節目だ。祭りによって心身ともに浄化されて生まれ変わり、新たな一年を生きていく。（二五四～二五五ページ）

ねぶたの起源は諸説あるのだが、現代の青森市民にとって、そうした起源説はさしたる問題ではない。ねぶた祭の一週間のために一年を過ごすと言っても過言ではない青森市民にとって、ねぶた祭は単なる観光行事、ビッグイベントではなく、心身ともに浄化され生まれ変わる機会なのである。祭りの意味を的確に描いた一文であり、伊東氏の洞察力に感服するばかりである。

二〇二五年三月

この作品は2022年7月徳間書店より刊行されました。
なお、本作品はフィクションであり実在の個人・団体などとは一切関係がありません。

徳間文庫

修羅奔る夜

2025年3月15日 初刷

著者 伊東潤
発行者 小宮英行
発行所 株式会社徳間書店
東京都品川区上大崎三−一−一
目黒セントラルスクエア 〒141−8202
電話 編集〇三(五四〇三)四三四九
販売〇四九(二九三)五五二一
振替 〇〇一四〇−〇−四四三九二
印刷
製本 株式会社広済堂ネクスト

ISBN978-4-19-895009-5